as formas do mar
poesia chinesa contemporânea

as formas do mar
poesia chinesa contemporânea

organização:
Hu Xudong e Marcelo Lotufo

tradução:
Inez Zhou e Dora Ribeiro

jabuticaba

Dados Internacionais de Catalogação na Publicação (CIP) de acordo com ISBD

F724

As formas do mar – poesia chinesa contemporânea / Jiang Tao... [et al.]; organizado por Hu Xudong, Marcelo Lotufo ; traduzido por Dora Ribeiro, Inez Zhou. - São Paulo : Edições Jabuticaba, outubro de 2024. 176 p. ; 14cm x 21cm.

Inclui índice
ISBN: 978-65-01-17056-5

1. Literatura chinesa. 2. Poesia. I. Tao, Jiang. II. Hao, Jiang. III. Qiao. IV. Huatian, Su. V. Lulu, Du. VI. Sang, Hu. VII. Bo, Han. VIII. Xian, Su. IX. Yu, Zhu. X. Xudong, Hu. XI. Lotufo, Marcelo. XII. Ribeiro, Dora. XIII. Zhou, Inez. XIV. Título.

CDD 895.1
2024-3771 CDU 821.581

Elaborado por Odilio Hilario Moreira Junior - CRB-8/9949

Índice para catálogo sistemático:
1. Literatura chinesa 895.1
2. Literatura chinesa: 821.581

novembro de 2024

Preparação e revisão português: Cesare Rodrigues e Marcelo Lotufo
Revisão chinês: Dora Ribeiro e Inez Zhou
Design miolo: Cesare Rodrigues
Capa: Raul Prado

Edições Jabuticaba
www.ediçõesjabuticaba.com.br
www.facebook.com.br/Edjabuticaba
instagram: @livrosjabuticaba

SUMÁRIO

Caminhos e sentidos de uma antologia

Buscando a origem deste *As formas do mar: poesia contemporânea chinesa*, lembro de um breve encontro que tive com o querido poeta Hu Xudong na sua última passagem por São Paulo. Enquanto bebíamos e conversávamos, ele sempre animado e provocador, Hu me perguntou sobre as minhas leituras de poetas chineses contemporâneos. Normalmente nossas trocas versavam muito mais sobre a poesia brasileira, ou sobre anedotas e piadas de suas passagens pelo Brasil, mas quase nunca sobre a poesia escrita na China. Admiti para o Hu que, apesar dos amigos chineses que fizera nos últimos anos, não conhecia quase nada da literatura produzida no país. Para não revelar a minha completa ignorância, lembrei que gostara muito da biografia escrita pelo poeta Bei Dao, *Open City Gates*, que eu lera em tradução para o inglês, e que me levara também a comprar uma antologia da sua poesia, hoje publicada no Brasil pela editora Moinhos. Diante da minha resposta, Hu deu uma de suas risadas e me respondeu dizendo que Bei Dao era "o poeta chinês contemporâneo preferido dos ocidentais", o nome sempre lembrado quando ele perguntava sobre poesia chinesa aos seus amigos brasileiros ou americanos.

Algum tempo depois, pensando em nossa conversa, estas palavras, "o poeta chinês contemporâneo preferido dos ocidentais", passaram a ecoar para mim como uma espécie de provocação. O riso de Hu quando respondi à sua pergunta me lembrou do riso irônico e involuntário que dou quando algum amigo estrangeiro comenta estar lendo poesia brasileira contemporânea e completa com nomes como João Cabral de Melo Neto, Hilda Hilst ou Augusto de Campos, todos tecnicamente contemporâneos – Augusto de Campos inclusive escrevendo e publicando em seu Instagram nos últimos anos –, mas todos também distantes o bastante da minha geração para que eu não os veja exatamente como *meus* contemporâneos, e certamente não como participantes da mesma cena poética na qual eu aprendi a ler poesia. Nos 25 anos entre a geração de Bei Dao e a de Hu, a China passou por transformações consideráveis, tanto política quanto culturalmente. Basta, neste sentido, lembrarmos que Bei Dao é um poeta fortemente marcado pela experiência violenta da Revolução Cultural chinesa, enquanto Hu nasceu há dois anos do fim deste período convoluto da história do país.

Ademais, Bei Dao se tornou o poeta chinês "preferido dos ocidentais" em parte por ter passado grande parte da sua vida exilado no ocidente, onde se tornou uma importante voz dissidente e pró democracia. Hu, por sua vez, se formou como poeta em uma pujante cena literária da Universidade de Pequim, onde posteriormente se tornou professor de Literatura Comparada, e conheceu o ocidente em um momento no qual a China se abria para mais trocas culturais, o que permitiu a sua participação em festivais e residências literárias mundo a fora, além de uma estadia como professor no Instituto Confúcio da Universidade de Brasília. São experiências de mundo, e da própria história chinesa recente, bastante diversas e que obviamente se abrem para poéticas diferentes. Ambas as experiências são, claro, importantes e verdadeiras e nos ajudam pelo contraste entender a complexidade do mundo em que vivemos. Sobre a geração de Bei

Dao, ou seja, poetas nascidos nos anos 1940 e 1950, mas se estendendo até os anos 1960, temos publicada no Brasil a antologia *Um barco remenda o mar* (Martins Fontes, 2007), organizada e traduzida por Yao Feng e Régis Bonvicino.

Quais seriam, entretanto, os poetas que Hu considerava os *seus* contemporâneos? Aqueles que, junto dele, escreveram a jovem poesia chinesa dos anos 2000 e 2010? Poetas nascidos nos anos 1970, 1980 e 1990, poetas da *minha* geração? Logo após a passagem de Hu por São Paulo, ele me apresentou uma de suas alunas diletas, Inez Zhou, que visitava a cidade para pesquisar as transcriações que Haroldo de Campos fizera a partir de poetas chineses clássicos. Inez, outra importante intermediadora cultural trabalhando entre o Brasil e a China, se entusiasmou com a ideia de fomentarmos esta troca poética e se tornou o motor tradutório do projeto que começava a nascer. Ficou combinado, então, que Hu me apresentaria os jovens poetas contemporâneos chineses, aqueles que considerava os poetas da sua geração, quase todos inéditos em português, e alguns difíceis de encontrar mesmo em outras línguas com mais tradição de intercâmbio tradutório com a China. Inez trabalharia em uma primeira versão dos poemas selecionados ao português, os quais posteriormente seriam revistos pelo próprio Hu e por mim. Com a passagem repentina do Hu aos 47 anos, entretanto, deixamos o projeto de lado, até nosso caminho se cruzar com o da poeta Dora Ribeiro, que também conhecera nosso amigo quando morou na China e que se dispôs a participar deste projeto, agora transformado também em uma homenagem ao nosso querido Hu, um intrépido construtor de pontes entre o Brasil e a China.

Há algo de especial quando um poeta, alguém que vive a poesia do seu tempo e participa de uma cena literária, organiza uma antologia. Nas Edições Jabuticaba, temos buscado trabalhar com amigos de outros países, a fim de apresentar antologias da poesia contemporânea escrita nessas regiões; assim, já publicamos projetos com amigos da Alemanha e de Cuba. Se toda antologia – e ainda mais uma apresentando a literatura de um país continental, como a China – é sempre um pequeno e idiossincrático recorte entre muitos outros possíveis, o recorte feito por um poeta contemporâneo é sempre um recorte vivo, com personalidade, marcado por afetos e escolhas nem sempre óbvias, que somente quem participou daquela cena poética específica é capaz de entender por completo. Há, neste gesto, uma defesa da poesia enquanto comunidade, algo que, salvo engano, temos perdido nos últimos anos com a virtualidade da cena dos nossos tempos, na qual *likes* parecem estar substituindo as trocas. O diálogo e a convivência com a nossa comunidade imediata parecem insuficientes diante da ilusão de que podemos estar sempre alhures, buscando um palco onde as luzes aparentam ser mais brilhantes. Talvez a tomada das redes por *trolls* nos obrigue a voltar a pensar a poesia a partir de encontros reais, locais, e não mais somente a partir daquilo que o algoritmo e o mercado julgam relevante.

Tudo isso para dizer que, de certa forma, somente o Hu – a verdadeira força motriz por traz desta antologia – poderia explicar as suas escolhas: mas, infelizmente, ele não teve tempo de fazê-lo. Arrisco dizer, ainda assim, que os poemas e poetas que compõem este livro formam uma seleção representativa de um momento da cultura chinesa. Basta, neste sentido, pensarmos em como os temas trabalhados nos poemas aqui publicados são temas também presentes na recente exposição da artista chinesa Cao Fei – contemporânea dos poetas aqui selecionados –, exibida na Pinacoteca do Estado de São Paulo e organizada sob curadoria de Pollyana Quintella em 2023. Cao Fei, ao falar de sua relação com a cultura chinesa, assim como com a arte ocidental que também compõe o seu repertório de formação, confessa que, para a sua geração de artistas na China, nada lhes pertencia, portanto tudo lhes era possível; daí, em parte, a experimentação que vemos no seu trabalho e que pode, também, ser estendida para estes poetas. Seus temas abrangem tanto um arquivo herdado de uma tradição literária milenar, como a transformação desvairada de uma China contemporânea e desenvolvimentista; tanto as possibilidades e os perigos de um mundo cada vez mais virtual e dominado pela tecnologia, quanto a realidade de um Estado ainda onipresente que tenta controlar esses novos horizontes; tanto uma China defensora da sua identidade nacional e cultural, quanto uma China preocupada em se posicionar como uma liderança global e cosmopolita no teatro das nações.

Por fim, gostaria de agradecer a todos os poetas que aceitaram participar desta empreitada. A força das imagens nestes poemas – e na poesia chinesa de forma geral – mereceria uma apresentação a parte, pois engendra-se aqui, me parece, uma contribuição importante para a nossa poesia contemporânea. Grosso modo, nos últimos anos, a poesia brasileira parece ter investido em uma maior inteligibilidade e facilidade de leitura, flertando sempre com o prosaico, além de buscando intervenção direta no debate político e cultural. Sem descartar a validade dessas propostas, a força das imagens, como mostram estes poemas, é uma outra forma de dar conta de um mundo complexo e contraditório, onde nem sempre temos uma resposta a oferecer. É investimento em um tempo que não é o tempo do consumo e da modernidade, o tempo dos meios de comunicação de massa, mas o tempo lento da própria sedimentação poética e histórica. É a partir de imagens mais ou menos herméticas que os poetas desta antologia abrangem assuntos vários, distantes e familiares do leitor brasileiro, discutindo tanto a forma e a história da poesia chinesa, como as pautas políticas do presente. Interessante notar também como o consumismo – este horizonte comum do nosso tempo de calamidade ambiental – também preocupa estes poetas que escrevem a partir de uma China que muitas vezes parece para o leitor brasileiro uma alternativa comunista para alguns de nossos problemas, mas que não deixa de ser um motor do capitalismo global. Como aponta Su Huatian, "o debate sobre revolução é por ora substituído pelo da obesidade."

Os poemas de Hu Xudong, que fecham o volume, foram selecionados por mim e por Inez Zhou. Decidimos não escolher poemas do Hu que falassem sobre as suas visitas ao Brasil, guardando esses textos para uma futura seleção de poemas seus sobre este nosso país de que ele tanto gostava. Agradecemos, ainda, ao professor Francisco Foot Hardman, outro amigo querido do Hu, que leu e comentou esta seleção de poemas e que gentilmente escreveu a orelha deste livro. Espero que vocês encontrem, aqui, um caminho para se aproximar da poesia chinesa contemporânea, uma poesia que, apesar do interesse que a China exerce no mundo, raramente aporta no Brasil. Que pelas mãos de Hu, Inez e Dora, vocês – assim como eu – comecem a se interessar um pouco mais pela poesia escrita na China hoje.

Marcelo Lotufo, Ilha do Desterro, 2024

Traduzir o mar

Lost in translation. A expressão-conceito pode ser a melhor forma para o leitor se aproximar da tradução dos textos desta antologia. Basta lembrar que a frase em inglês, entre outros significados, nos fala de como uma língua é carregada de cultura e de como a metáfora é imprescindível na nossa relação com o mundo. Por não ser um manual de instruções, uma língua, chinesa ou não, vive e prospera na ambiguidade. O material da poesia por excelência. Assim, qualquer tentativa de levar um poema para outro ambiente linguístico é ao mesmo tempo perigosa e auspiciosa. Não há meios-termos aqui.

No caso do caminho do chinês para o português brasileiro, preferimos a estratégia de condensação, tão cara à nossa forma de comunicação oral e igualmente enraizada na língua escrita chinesa, sobretudo na sua milenar tradição poética construída muitas vezes de versos de três ou quatro caracteres. Optamos assim por recriar em alguns casos a solução da poesia Tang de palavras compostas, que nos remetem para o imaginário cultural chinês e obrigam os leitores a uma pausa "civilizacional".

Em face dos problemas de tradução aqui encontrados, julgamos que nem a transcriação libertária nem a aclimatação cultural poderiam dar conta de mostrar ao público brasileiro a riqueza de ideias e problemas que trazem estes poetas. Com muito respeito ao original, tentamos manter os elementos estranhos, formais ou verbais, sempre que possível no português brasileiro. A experiência permite manter viva a extrema melancolia dos textos e a força de suas imagens. Esperamos ter criado um espaço onde vivências e imaginações tão distintas podem criar conexões através da poesia.

Hu Xudong dizia que um poeta precisa "desenvolver uma voz idiossincrática". Esta individualidade estilística, uma distinção sutil na intertextualidade original, tende a se dissolver ao ser transportada para um outro ambiente linguístico e discursivo. No caso chinês, frequentemente, os elementos perdidos também incluem ritmos explícitos e implícitos, sutilezas paronomásticas, conotações culturais, piadas internas, e diferenças estilísticas do chinês clássico e moderno ou entre os dialetos. Hu, por exemplo, como poeta ficou conhecido pelo uso de palavras sensuais, humorísticas e intelectualmente exigentes, inclusive de jogos com gírias e vernáculos de diversas partes da China, características facilmente perdidas na tradução.

Vários poetas desta antologia (como Jiang Hao, Su Huatian, Hu Sang, Zhu Yu) combinam o estilo da poesia ou da prosa clássica ao contexto moderno e criam correspondências históricas, inclusive com citações diretas de imagens e sentimentos antigos. Aparecendo aqui a poesia da dinastia Tang como importante referência.

Existe também neste grupo de poetas, como por exemplo em Qiao e Su Xian, uma linha que poderíamos chamar de quase-surrealista. Utilizando recursos descritivos quase-digitais, nos traz a experiência da desordem que ronda um mundo aparentemente organizado e catalogado.

Em todos estes poetas, o lirismo convive abertamente com a dureza da realidade, numa estranha e intensa relação de simbiose. O que faz com que a leitura destes textos seja prazerosa, surpreendente, fácil e complicada. Tudo ao mesmo tempo.

Esta antologia é certamente uma oportunidade ímpar de olhar para a mente-mundo desses jovens chineses contemporâneos.

Inez Zhou

Dora Ribeiro

as formas do mar

Jiang Tao

Jiang Tao nasceu em 1970, em Tianjin, e iniciou os seus estudos de Engenharia Biomédica na Universidade Tsinghua em 1989. Em 1999, ingressou no Departamento de Literatura Chinesa da Universidade de Pequim, onde atualmente é professor, e completou o seu doutoramento em 2002. Tao foi professor associado e visitante na Universidade Nihon, no Japão, e na Universidade Nacional Tsing Hua, em Taiwan. Publicou os livros de crítica *O Acontecimento da Nova Coleção de Poesia e da Nova Poesia Chinesa* (2005), *A mão de Bakunin* (2010), *A Torre no Apartamento* (2015), *Ideias e Poemas na "Descrição" da História* (2020) e *Continua Despertando do Mundo Hipnotizante* (2020). Publicou as coletâneas de poesia *Sutra dos Pássaros* (2005), *Boas Notícias* (2013) e *Um Dia na Caverna* (2017), entre outras.

病后联想

奔波一整天，只为捧回这些
粉色和蓝色的小药片
它们堆在那儿，像许多的纽扣
云的纽扣、燕子的纽扣、囚徒的纽扣
从张枣的诗中纷纷地
掉了下来，从某个集中营里
被静悄悄送了出来

原来，终生志业只属于
劳动密集型
——它曾搅动江南水乡
它曾累垮过腾飞的东亚
想清楚这一点
今夏，计划沿渤海慢跑
那里开发区无人，适合独自吐纳

2014.7

Associações depois da doença

Um dia de agitação, apenas para ter nas mãos outra vez esses
Pequenos comprimidos rosas e azuis
Estão empilhados, como se fossem botões
Botões de nuvens, botões de andorinhas, botões de prisioneiros
Caídos um a um dos poemas de Zhang Zao
Enviados em silêncio
De um campo de concentração

Na verdade, a ambição de uma vida apenas se
Encaixa no molde do duro trabalho
-- Tendo agitado as cidades do delta do Yangtze
Tendo atormentado o próspero Leste Asiático
Tenho claro para mim isto
Neste verão, pretendo correr à beira do mar de Bohai
Naquelas zonas econômicas especiais não há ninguém, perfeito
[para sozinho vomitar-engolir

Julho de 2014

空军一号

飞机穿越云层，带来列岛的焦虑
那些匍匐在海礁上
演习的官兵，才习惯了说hello
又要唐突地竖起自己
在灯火通明的冲绳县厅

可是你，“黑身体”的大统领
“黑身体”的大情人
今夜，又下榻在哪里？
隔壁，又睡了哪一位白身体的
照耀了亚洲事物的国务卿？

从太平洋暗流中，谁又能
慢慢游过来，露出
圆圆的带星星的军帽
敲敲你的腰，说：

“老兄！时候尚早
我们出去走走。”

2009.11

Avião presidencial

O avião atravessa as nuvens, trazendo a ansiedade das ilhas
Aqueles soldados em manobras
Rastejando sobre os recifes, já se habituaram a dizer hello
Outra vez devem se erguer bruscamente
No salão iluminado da prefeitura de Okinawa

Mas você, o comandante supremo de "corpo negro"
O amante supremo de "corpo negro"
Esta noite, onde você ficará?
No quarto ao lado, se deitará qual ministro de Estado
Cujo corpo branco brilha nos assuntos asiáticos?

Das correntes do Pacífico, quem poderá
Lento-lento nadar até aqui, revelando
O arco-arco do boné militar do astro-astro
Tocar-tocar na sua cintura e dizer:

"Amigo! Ainda é cedo.
Vamos sair andar-andar."

Novembro de 2009

海鸥

原来如此，手段不相上下
我站着拍照，镜头像漩涡吸入了万有
你展翅追踪，向世界吐露恶声
海水不平，山木也嶙峋
油炸食品沿曲线低空抛出
却吻合了大众口味，也包括你我
相逢瞬间各取了需要

2010.7

A gaivota

Isso mesmo, os meios são comparáveis
Fotografo de pé, a lente-redemoinho suga o universal
De asas estendidas, você segue insultando o mundo
O mar é desigual, montes-árvores são acidentados
Na curva, em baixa altitude, a comida frita é largada
Mas combina com o gosto das massas, o que inclui você e eu
No rápido encontro cada um tirou o que precisava

Julho de 2010

宅男
——东京作

不知何时起，沿了小铁道
我养成散步的好习惯
见到黄狗，就用世界语问好
偶有电车经过
就隔窗猜想一段恨史：
哪个白领丽人，被骚扰经年

道边风物，却一贯井然
小花小草有人照料
便民公厕，出自本区税金
无关两党站街、挥汗扯皮
致使一个无党籍老年混混
支配了大都会的将来

我住得不够久，将来也不想
有任何份——不拘格套地
能留下一点什么呢？
于是梦想有火起、有偷盗
有忍无可忍的凶案
有警察破门闯入，穿了大大的防弹背心

勒令我屈服，喘息
发出嘶哑的异国口音
我由是被拘捕、被羞辱
被蒙了面罩，出现在电视上
被热闹地起诉，又被静悄悄地撤诉
送上了飞机，被引渡到专制的国外

Otaku

- escrito em Tóquio

Não sei quando começou o bom hábito
De andar sobre os trilhos de trem
Ao avistar o cão amarelo, digo olá em esperanto
Às vezes o bonde passa
Do lado de lá da janela imagino uma história de ódio:
Qual das belezas de colarinho branco, foi ano após ano molestada

Na paisagem do caminho, metodicamente
Florzinhas e graminhas são cuidadas por alguém
Banheiros públicos acessíveis, pagos com imposto municipal
Nada a ver com os dois partidos na rua, suados e briguentos
Como resultado, um velho patife sem partido
Comanda o futuro da metrópole

Não moro aqui tempo suficiente, nem pretendo no futuro
Receber um quinhão -- não me limito às regras
O que posso deixar aqui?
Então sonho com o incêndio, o roubo
O assassinato insuportável
Com os policiais de coletes à prova de bala, arrombando a porta

Ordenando que me entregue. Respiro
Pela boca sai um som rouco estrangeiro
Sou então preso, sou humilhado
Sou coberto por uma máscara, para aparecer na televisão
Sou processado ruidosamente, e sou ilibado silenciosamente
Colocado num avião, sou extraditado para uma ditadura estrangeira

在那里，有很多我不认识的人
凯歌一般地走路、睡觉
也有一两个我认识的
早生了华发，酒后爱唱“驿动的心”

2011

Ali, há muita gente que não conheço
Caminhando como um hino triunfal, dormindo
Aparecem um ou dois conhecidos
Prematuramente grisalhos, embriagados amam cantar "Coração
[Inquieto"

2011

古猿部落

树林里落满果实，猩红的地毯
源于地质的变迁
水退了，老虎的剑齿烂了
我们围着空地商量未来
老的刚从进化里爬出，挥老拳
少的已按耐不住舌头，要第一个
去吃梅花鹿，移山的志向没有
倒可以涉水，南方北方的
田野只是一张餐桌
所谓共和闹哄哄
还是独裁之秋赶走蚊蝇
好在我们都直立着
可以观天象，徒手挣脱了食物链
但十月的劳动力
还是倾向剩余：不需要画皮，烹饪
肉身当木柴，只有公的继续
将母的掀翻，朗诵牠的美
但要说出“我爱你”
至少春花秋月的，还要两百万年

Tribo dos antigos primatas

Na floresta frutas caídas, um tapete escarlate
Desde a mudança geológica
A água recuou, os dentes de sabre do tigre apodreceram
Cercamos o terreno baldio para discutir o futuro
Os velhos acabam de escalar a evolução, agitando punhos antigos
Os jovens já não podem conter a língua, querem ser os primeiros
Comedores de cervos, não existe ambição de mover montanhas
Mas podem cruzar rios, os campos do norte e do sul
São apenas uma mesa de jantar
Foram os ditos republicanos barulhentos
Ou foi a ditadura que espantou as moscas
Felizmente, estamos todos de pé
Podemos assistir à meteorologia e desarmados nos livrarmos
[da cadeia alimentar
Porém a força de trabalho de outubro
Ainda tende à mais-valia: não se deve camuflar, cozinhar
Corpos como lenha, apenas os machos permanecem
Poderosos nocauteando fêmeas, declamando sua beleza
Mas até dizerem "eu te amo"
Faltam ao menos dois milhões de anos, de flores da primavera
[e meses de outono

Jiang Hao

Jiang Hao nasceu em Tongnan, Chongqing, em 1971, e é editor da revista *Poesia Nova*. Publicou as coleções de ensaios *Fragmentos do Medo* (2003) e *Ilusório* (2019); e as coleções de poesia *Retórica* (2005), *Comédia* (2009), *Tirando Sangue de Pedra* (2010), *Poesia da Terra dos Imortais - História da Natureza* (2016), entre outras. A sua poesia foi traduzida para diversos idiomas, entre eles o inglês, o alemão e o francês. Mora atualmente em Hainan, na China.

海的形状

你每次问我海的形状时，
我都应该拎回两袋海水。
这是海的形状，像一对眼睛；
或者是眼睛看到的海的形状。
你去摸它，像是去擦拭
两滴滚烫的眼泪。
这也是海的形状。它的透明
涌自同一个更深的心灵。
即使把两袋水加一起，不影响
它的宽广。它们仍然很新鲜，
仿佛就会游出两尾非鱼。
你用它浇细沙似的面粉，
锻炼的面包，也是海的形状。
还未用利帆切开时，
已像一艘远去的轮船。
桌上剩下的这对塑料袋，
也是海的形状。在变扁，
像潮水慢慢退下了沙滩。
真正的潮水退下沙滩时，
献上的盐，也是海的形状。
你不信？我应该拎回一袋水，
一袋沙。这也是海的形状。
你肯定，否定；又不肯定，
不否定？你自己反复实验吧。
这也是你的形状。但你说，
“我只是我的形象。”

2003年10月30日，海甸岛

A forma do mar

Toda vez que você me perguntar sobre a forma do mar,
Vou buscar dois sacos de água do mar.
Esta é a forma do mar, como um par de olhos;
Ou a forma do mar vista pelos olhos.
Se você tocar neles, parece que está limpando
Duas lágrimas escaldantes.
Esta também é a forma do mar. A sua transparência
Emergindo do mesmo coração profundo.
Ainda que junte dois sacos de água, não afetará
A vastidão do mar. Ainda que muito frescos,
Parecem poder nadar para longe como dois não-peixes.
Com ela você polvilha areia feito farinha,
O pão endurecido, também tem a forma do mar.
Antes de ser cortado por vela afiada,
Parece navio que navega para longe.
Estes dois sacos plásticos deixados sobre a mesa,
São também a forma do mar sendo achatado,
Como a maré recuando lentamente na praia.
Depois que a maré verdadeira retrocede,
O sal ofertado também tem a forma do mar.
Você não acredita? Eu vou buscar um saco de água,
Um saco de areia. Isso também tem a forma do mar.
Você concorda, discorda; volta a não concordar,
Não discorda? Experimente você mesmo.
Esta é também a sua forma. Mas você diz:
"Sou apenas a minha própria imagem."

Ilha de Haidian, 30 de outubro de 2003

十一月三十日与敬文东别后作

你从出租车出来，我看见你的头发
也略略疏了些。你的声音没变，
握手与别时一样有力。
你轻松地笑，“哦，胖了！”两个人
都突然胖了。更轻松地笑，仿佛
没有其他事值得我们去笑？
仿佛我领进的是从前交谈的房间？
你嗅着，时光像阳光。当我打开窗，
这阳光也掉进窗外的海里。
那海没有改变。在你来之前，
我就看见它的安静
与这杯中水没有不同。
也许你是来看它的？你说，
你坚持说是来看我的。
而我又有什么好看的呢？
我想像着领你在这岛上随意看看。
但这里也在繁荣，连荒芜都保不住了。
我们还是在屋里
呆到分手吧！

2003年12月2日，海甸岛

Escrito após a despedida de Jing Wendong em 30 de novembro

Você sai do táxi e noto que os cabelos estão
Ligeiramente mais ralos. A voz não mudou,
O aperto de mão tem a mesma firmeza da última vez.
Você sorri suavemente, "Ah, você engordou!" Ambos
Estamos subitamente mais gordos. Sorrimos suavemente,
Não há nada mais que nos faça sorrir?
Será que levo você para a mesma sala onde já conversamos?
Você fareja: a luz deste instante é como a luz do sol. Quando
[abro a janela,
A luz do sol também cai no mar lá fora.
O mar não mudou. Antes da sua chegada,
Avistei a sua mansidão
Nada parecido com a água dentro deste copo.
Talvez você tenha vindo vê-la? Você disse,
Você insiste que veio me ver.
Mas o que tenho de belo para ser visto?
Pensei em levar você para um passeio pela ilha.
Mas aqui também a prosperidade não poupou nem o mato.
Melhor ficarmos dentro de casa
Até a nossa separação!

Ilha de Haidian, 2 de dezembro de 2003

窗

此刻我在窗前，
看，那就是琼洲海峡。
那艘船像是伸出来
给海刮脸的一根手指。
当我这样指着它时，
正驶向不可见的手掌式的大陆，
或是要回到这手掌大的小岛。
这海峡来回约需三小时。
此刻我在窗前，有足够的时间
看见它从厨房的窗
驶进卧室的窗。
我能感受到波浪擦过船的震颤。
我曾经在船上？或者，
我现在就在船上。
但此刻我在窗前，再过一会儿，
它也会在窗前，在我的手指前，
手掌上。我收拢，握紧。
我把这拳头放在窗上，
下巴放在拳头上。我这样
看着这个此刻的窗，
“像一枚初升的月亮”。
而大海才是这窗下之窗。

2003年12月29日，海甸岛

Janela

Neste momento estou à janela,
Olhe, aquele é o estreito de Qiongzhou.
Aquele navio é como um dedo
Esticado que faz a barba ao mar.
Quando aponto para ele assim,
Ele segue para o oculto Continente* feito palma da mão,
Ou deve voltar para esta pequena ilha feito palma da mão.
Ida e volta no estreito leva três horas.
Neste momento estou à janela, tempo suficiente
Para vê-lo navegar da janela da cozinha
À janela do quarto.
Posso sentir o tremor das ondas polindo o navio.
Eu já estive a bordo? Ou,
Estou no barco agora?
Mas neste momento estou à janela, daqui a pouco,
O barco também estará à frente da janela, à frente dos meus dedos,
Na palma da minha mão. Fecho os dedos, cerro o punho
[com força.
Coloco o punho na janela,
E o queixo no punho. Dessa maneira
Olho a janela deste momento,
"Parece uma lua nascente".
E o mar é agora a janela embaixo da janela.

Ilha de Haidian, 29 de dezembro de 2003

* O termo usado para "continente" é o utilizado para indicar a China Continental.

乙酉秋与吴勇河心岛饮茶观鹭一下午

一半锦江停住像湖，一半翅膀像湖在动，
三三两两的，半日闲偷不来半日现。

清晰薄雾清洗我的手指饮菊花以谢，
你的竹叶青在玻杯里展开揉碎的柳堤。

远处九眼桥，此地望江楼，无观联；
照耀岛屿的光不来自偏爱，来自反光。

你是你，我仿佛是你，心多出一个你，
那里缺失的两只并不是这里多出的。

翅膀剪开旧浪像要解释一封信如何
用西岭千秋雪写成？河流展示一面壁，

临摹出俯身的曲颈竟然是一把古琴
抽芽的两枝。滑翔太美了！应对入滑稽。

2005年11月9日，成都；12月2日，乌鲁木齐

Tomando chá com Wu Yong numa tarde de outono do ano Yiyou (2005) na ilha Coração do Rio, observo garças

Metade do rio Jin quieta feito um lago, metade da asa feito
[um lago movente,
Duas a duas três a três, preguiça do dia-metade não rouba
[presença do dia-metade.

A pura névoa clareia os meus dedos e bebe crisântemos até
[murcharem,
Dentro do copo a sua folha verde de bambu revela o salgueiro
[esmagado.

Longe daqui a ponte Nove Olhos, cá a torre Avista-rio, não
[se observa conexão;
O raio que ilumina a ilha não é favoritismo, é reflexo.

Você é você, eu pareço ser você, o coração apresenta um outro você,
Os dois desaparecidos ali não são os apresentados aqui.

Asas cortam velhas ondas querendo explicar como uma carta foi
Escrita com a neve eterna da serra do Oeste. O rio revela um
[lado da muralha,

Imitando um pescoço torto de repente é um guqin*
De onde brotam dois ramos. Escorregar é belíssimo! Responde
[com acerto à escorregadela.

Chengdu, 9 de novembro de 2005; Urumqi, 2 de dezembro

---

* *Guqin* é um instrumento tradicional de cordas chinês muito presente na poesia clássica, mais conhecido entre nós pelo seu nome japonês, "koto".

早起看海

小雨一停，你的呀呀语就清晰得发蓝。
毛绒绒的小耳朵，像软软的脚丫
翘在沙滩上吧啦吧啦地抽芽。
那里才是引力释放万有的一对新起点？
海鸥却执意在你肩头求证确切的借口。
我呆着不动，错过了此刻成为旧我的
一个偶然。因为太长时间的看，
我替你分泌的自我，天然地模仿了
你中之你的懵懂、无助和茫然。
很明显，在我光着脚往鞋里装沙时，
真没听懂你已把浩渺拧紧到毫秒，
躲在两条波浪的缝隙里偷偷地笑。
那缝隙不妨也是一条未走之路，
穿过你的十指关，刚好能把初日
挂上两股潮水拧成的那根灰白的缆绳。
你突然对着一朵云眨了眨眼睛，
乳汁和早餐似乎都不在我身上？
你猜对了一半，我随身携带的奶瓶
像个白色漂流瓶，来自水瓶座的爪哇岛，
里面新榨的芒果汁，浓得像熟透的黎明。
而我背包里的早餐，除了蛋羹、面包干，
还在米糊里特意为你烹了一条鱼。
你看，当我把它撒向你的水面，
它摆了摆尾，游过一个又一个暗礁，
来到我婉转的脚印里，告诉我，
“你的早餐不过是一张水做的网。”

2013年3月15日，海口

Acordo cedo para ver o mar

A chuva parou, a sua tagarelice se faz clara quase azul.
As pequenas orelhas felpudas, parecem pezinhos macios
Sobre a areia fazendo brotar o blablabla.
São esses os novos pontos de partida para a gravidade libertar o universal?
A gaivota insiste porém em encontrar o pretexto exato no seu ombro.
Imprudente não me mexo, perdendo a chance de me tornar eu mais velho
Por acaso. Por ter contemplado tanto tempo,
Me torno o seu eu secreto, cópia natural
Da sua ignorância, desamparo e vazio.
Obviamente, quando os meus sapatos se encheram de areia,
Não entendi que você reduzia a vastidão a milissegundos,
Rindo furtivamente me escondo na fissura de duas ondas.
A fissura poderia muito bem ser um caminho ainda não percorrido,
Atravessando o desfiladeiro dos seus dedos, pronta para
Pendurar o sol nascente naquela corda cinzenta torcida pelas duas ondas.
De repente você pisca para uma nuvem,
Não tenho comigo nem o leite nem o café da manhã?
Você adivinhou uma parte. A mamadeira que trouxe comigo
Parece uma garrafa com mensagem, garrafa do mar vinda da ilha de Java,
Com suco de manga fresco, tão espesso quanto o maduro amanhecer.
E o café da manhã na minha mochila, além de tortas e torradas,
Também tem peixe com creme de arroz que preparei para você.
Veja, quando o espalho sobre a sua superfície de água,
Ele abana a cauda, nadando atravessa um e mais um recife,
Chega até as minhas pegadas sinuosas, me diz,
"Seu café da manhã não passa de uma teia feita de água."

Haikou, 15 de março de 2013

Qiao

Qiao (ponte), *nom de plume* de He Zhuangning, nasceu no Monte Tianmu, na província de Zhejiang em 1968. Viveu em Shenzhen, Tóquio e atualmente mora em Seattle, EUA.

Ela é uma das primeiras poetas a trabalhar em meios digitais na China. Os seus poemas são caracterizados por uma linguagem ágil, arguta, experimental, quase xamânica. Publicou *Apaixonar-se por Pessoas Boas* (2006), *Grãos de Aquário da Estação Segunda* (2011), *Fragmentos de Abóbora e Paralelogramo* (2016), e uma seleção de poemas em sueco, *Andra säsongens grödor på flaska* (*Grãos de Aquário da Estação Segunda*, 2017).

三个爸爸

你喝完牛奶就跑了，三个爸爸驾着各自的马车逃向荒野
他们都很僵硬
妈妈把第一个爸爸从箱子里解救出来，他坐在岸边一直打嗝
他说口很渴，祈求一条河
傍晚他很想把自己捆在临河的木桩上，四下却没有找到绳索
于是他舌头与甜味打结，露出尾巴

第二个爸爸从月蚀中醒来，他每年只醒一次
有时他忘了有风，不停向河里扔骰子
有时他不想再过这样羞耻的生活，把一块白布缝在身体上
他醒着时侯负责飞，扁担两头担子轻重不一
不小心就会掉下一个儿子，一个女儿
每年他都在滑梯处昏睡过去，等待第二次月蚀

妈妈把第一个爸爸装进木箱，去河边放生

第三个爸爸正准备娶一个厨子，他把她身上的牛虻都打死了
他抱着一堆杂志进新房，与封面女郎暧昧不清
蜜月之后，他把杂志和厨子都埋在菜地里
他牵出一头牛，在它身上养牛虻

你喝完牛奶就往外跑，三个爸爸惊慌失措逃向月亮
他们都很凶狠
妈妈在银河边打捞一个木箱子，她去年扔到河里的木箱一个一个浮了上来
她依次把它们堆放在岸边

Três pais

Você acabou de beber o leite e fugir, um a um os três pais
[seguem de carroça para o mato
Estão endurecidos
Mamãe resgata o primeiro pai da caixa, ele se senta na praia
[arrotando
Diz que está com muita sede, reza por um rio
À noite quer se amarrar nas estacas, mas em canto nenhum
[encontra corda
Amarra então com açúcar a língua, revelando a cauda

O segundo pai acorda no eclipse lunar, ele acorda uma vez no ano
Às vezes esquece o vento, joga sem parar dados no rio
Às vezes não quer mais essa vida vergonhosa, costura no corpo
[um pedaço de pano branco
Quando acorda fica encarregado de voar, as cargas nos ombros
[não são iguais
Se descuida deixa cair um filho, uma filha
Os anos passam e ele apático no escorregador, aguardando o
[segundo eclipse lunar

Mamãe coloca o primeiro pai numa bela caixa de madeira,
[vai até o rio para o libertar

O terceiro pai se prepara para se casar com uma cozinheira,
[mata as moscas do corpo dela
Leva uma pilha de revistas para o quarto nupcial, e se aquece
[com as garotas das capas
Depois da lua de mel, enterra na horta as revistas e a cozinheira
Para lá leva um boi, no seu corpo cultiva moscas

据说快要过节了，一群群喜鹊站在夜色里，沉默不语
妈妈把牛郎从第一个死结里解开，又系上另一个死结
七月七日

2017.9.29 14:46

Você acabou de beber o leite e fugir, os três pais escapam em
[pânico para a lua
São todos perversos
Mamãe pesca uma caixa de madeira nas margens do rio de Prata*,
[as caixas que resgatou do rio no ano passado uma a uma
[voltam à superfície
Uma a uma são empilhadas à beira-rio
Diz-se que a festa está próxima, um bando de pegas-azuis para
[em silêncio na noite
Mamãe desfaz o primeiro nó cego do vaqueiro, depois dá
[outro nó cego
Em sete de julho

29/09/2017 14:46

* Rio de Prata é o nome dado na China à Via Láctea. O vaqueiro e a tecelã são personagens da mitologia chinesa e são comuns em histórias românticas tradicionais. A lenda fala sobre o amor entre a tecelã Zhinü, que simboliza a estrela Vega, e o vaqueiro Niulang, que representa a estrela Altair. Por ser um amor proibido, são banidos para diferentes margens do rio de Prata (a Via Láctea); e uma vez no ano, no sétimo dia do sétimo mês lunar, passarinhos formam uma ponte para reunir os amantes por um dia. Neste dia se comemora o Dia dos Namorados.

美洲以南

美洲以南，全是夕阳以及冰冻的海水
我早起，把时间折了又折
一个原始人，挂在我的墙上，身体发蓝
他的羽毛里藏着一个黑苹果。八点整，他准时跳下墙。在
　　　院子里，磨刀、咬牙。偶尔念咒语，
　　　他的蓝眼睛看到漂亮的鱼。他摘下苹果，跳进海里
指南针的魔盘乱转，地球永远是方的

美洲以南人类封存在废墟里
偶尔解冻，取悦风神
狂欢夜，一只白天鹅叠进妓女。繁星叠进水手，玫瑰叠了
　　　又叠种在人行道上。刀叠进档案，美人长着雀斑，
　　　寡妇五彩缤纷。每个人类都拥有一把乐器，
　　　在泥里扯出彩带，嗓子粉红。
人们唱着颂歌，叠进风中。美洲以南全是虚无的海豚
它们跳跃向北，再造一个地球

原始人回到我的墙上，他的蓝眼睛里鲫鱼鳞片闪闪
那条说谎的鱼，改写了人类的历史
我回来黑里，时间在一角不停冒着水泡
我们生活在美洲以南，以树为墙。一粒粒的野苹果从星空
　　　落下，不明的寓意堆满院子。偶尔劈开一个，
　　　游出一条蛇，它会文言文
几十个罪人围坐在火边，谈论如何进攻北方
几十条蛇正在北方行军

2017.10.4 15:34

O sul das Américas

O sul das Américas é todo sol da tarde e mares gelados
Acordo cedo, dobro e volto a dobrar o tempo
Um indígena está pendurado na minha parede, seu corpo irradia azul
Uma maçã escura se esconde na sua plumagem. Às oito horas
[em ponto, ele salta da parede. No Quintal, afia a faca, range
[os dentes. Às vezes canta, seus olhos azuis vêem um lindo
[peixe. Ele colhe a maçã, entra no mar.
O disco mágico da bússola gira, a terra é para sempre quadrada

O ser do sul das Américas se conserva em ruína
Muitas vezes se derrete, para agradar ao deus do vento
Numa noite de carnaval, um cisne branco se dobra e vira
[prostituta. As estrelas se dobram Formando marinheiros,
[as rosas se dobram e dobram cultivando calçadas.
[A faca se dobra e
Vira arquivo, a bela é sardenta. A viúva é colorida. Todo ser
[possui um instrumento musical, Uma fita colorida tirada da
[lama, uma voz cor de rosa.
Pessoas entoam odes, dobradas ao vento. O sul das Américas
[é todo golfinhos-ausências
Saltitando em direção ao norte, recriam uma Terra

O indígena volta para a minha parede, nos seus olhos azuis
[luzem-luzem escamas de enguia
Este peixe mentiroso re-escreve a história da humanidade
Volto para o escuro, na esquina o tempo se arrisca a borbulhar
Vivemos no sul das Américas, onde árvores se fazem paredes.
[Maçãs silvestres caem do céu estrelado, montes de mensagens
[obscuras cobrem o jardim. Às vezes uma se abre, dela sai uma
[cobra, que sabe chinês clássico.

Dezenas de condenados se sentam ao redor do fogo, discutindo
[como atacar o norte
Dezenas de cobras marcham para norte

04/10/2017 15:34

讲粤语的胖妈妈

A
A的爸爸写诗，妈妈讲粤语
爸爸妈妈都是胖子
而A瘦，衣着很有品味
昨天晚上，他感觉有一根枯枝伸出身体，蘸着海水
黑暗的某处有开关
他想把海水关在门外
他向一个编号游去：一支玫瑰和一片棉花地
红与白
讲粤语的胖妈妈越来越不可理喻
她抢下菜刀，砍下一片海

B
B很高，一直长着秋天
有时他觉得内心的果实就要成熟了
可是，他找遍房子的每个角落都没有找到那粒果子
他一直在猜会是怎么样的果子：苹果李子？香蕉梅？
墨鱼水蛇？草莓花生？茭白茨菇？
会不会是一粒“感动”？
B从来没有想过
其实他长出的是一粒“危险”

S
一粒“危险”在S的手里
她反复翻看，百思不得其解
她的人生已经有足够的海了，为什么会握着一粒“危险”？
是谁将这粒果实交给她
早晨她点燃一根檀香，问观音

A mãe gorda que fala cantonês

A
O pai de A escreve poemas, a mãe fala cantonês
Mamãe e papai são gordos
Mas A é magro, suas roupas são elegantes
Ontem à noite, sentiu um galho seco sair do corpo, molhado de mar
Nalgum lugar do escuro há um interruptor
Ele pensa pegar a água do mar e fechar do lado de fora
Nadando vai na direção de um número: uma rosa e um campo
[de algodão
Vermelho e branco
A mãe gorda que fala cantonês está cada vez mais irracional
Pega uma faca, corta um pedaço do mar

B
B é muito alto, e vem cultivando o outono
Às vezes, crê que a fruta do coração vai amadurecer
Mas procura nos quatro cantos do quarto e não a encontra
Tenta adivinhar que fruta é essa: maçã ameixa? banana damasco?
Cobra d`água lula? Amendoim morango? Cogumelo bambu d'água?
Pode ou não pode causar um grão de comoção?
B nunca pensa nisso
O que ele faz é germinar um grão de "perigo"

S
Um grão de "perigo"está nas mãos de S
Olha e volta a olhar, mil vezes e não compreende
Sua vida já tem mar suficiente, por que carregar um grão de "perigo"?
Quem deu a ela essa fruta?
De manhã, acende um incenso de sândalo e interpela o
[bodisatva da Compaixão

A当着观音的面，打翻了海
B很冷静，一直在写诗
S抢下一把菜刀，砍了一片海
观音派了很多水妖来，扶着B和S下楼
A已游出很远
讲粤语的胖妈妈一直哭：“A当了一只水妖”

2017.10.13 15:36

A na presença do bodisatva derruba o mar
B está tranquilo, continua escrevendo poemas
S pega uma faca, corta um pedaço do mar
O bodisatva envia um bando de espíritos da água, ajudando
[B e S a descerem as escadas
A já partiu para longe
A mãe gorda que fala cantonês chora sem parar: "A vira um
[espírito d'água"

13/10/2017 15:36

今年

今年
我分别从上半年和下半年醒来
不同形状的树叶和野草
它们的季节
混杂在我的早晨

我总是略带羞涩回到童年
等待这房间里即将飘落的白纸

上半年我在烛台上
有些火柴的划痕，某个部位解释不清的火苗
烧了些新闻

后来我去邻居家，谈论这一片区域
哪些树属于别人
哪些树叶属于下半年
州政府
捏了一些变形的钥匙送给他们

“请聆听今晚锁孔金属的声音”
“请注意踏碎瓦片的数量”
“请握紧那柱香”

请握住上半年的香

Este ano

Este ano
Distingo o despertar da primeira metade do ano do da segunda
Diferentes formas de folhas e de mato
As suas estações
Se misturam na minha manhã

A timidez aparece quando volto à infância
Aguardo na sala o papel em branco que está para cair

Na primeira metade do ano, eu estava sobre o castiçal
Com alguns fósforos riscados, uma chama vinda de lugares obscuros
Queimou algumas notícias

Mais tarde fui à casa do vizinho, tratar de assuntos do bairro
Que árvores pertencem a quem
Que folhas pertencem à segunda metade do ano
O governo estadual
Pegou umas chaves amassadas e entregou a eles

"Favor escutar o som metálico do buraco da fechadura esta
[noite"
"Favor prestar atenção no número de telhas quebradas"
"Favor agarrar o incenso"

Favor segurar o incenso da primeira metade do ano

荒凉的身体里有着倒背如流的唐诗

我试图说服你忘掉新西兰
回北半球
加州的风雪中可以邂逅周三
捡到一些毫不相干的枯枝
劈开旧事
挂在廊前
秋天骑一匹红马，刀尖指南美

之前我分三次提及土耳其
第一次我说：看到一些面粉夹杂着花瓣
在炭火上烤出春天
第二次我默默插播了两段美剧
表面漆黑一团
第三次我试图告诉你巨大的月亮掉落山崖
一年中潮汐澎湃

来年我将与你面对窗外的法兰西
陷在不明的火里
那时你省略任何器官都可以快乐了
冬至那天
看着我日渐荒凉的身体
灰烬里倒背如流的唐诗

2013.6.16

No corpo deserto brotam poemas Tang

Tentei convencer você a esquecer a Nova Zelândia
E voltar ao hemisfério norte
A nevasca californiana você pode encontrar numa quarta-feira
Junte alguns galhos secos irrelevantes
Aparte-se das coisas antigas
Pendure-as na varanda em frente
No outono monte num cavalo vermelho, a ponta da faca
[apontada para a América do Sul

Já mencionei a Turquia três vezes
Na primeira vez disse: vi a farinha misturada com pétalas
No carvão se assa a primavera
Na segunda vez interrompi em silêncio duas séries americanas
Obscuras na aparência
Na terceira vez tentei dizer que uma lua enorme caiu do penhasco
No meio do ano a maré subirá

No próximo ano, eu e você enfrentaremos a França além da janela
A armadilha está no fogo desconhecido
Nesse caso mesmo deixando um órgão de fora você poderá ser feliz
No Solstício de inverno
Verá o progresso do deserto no meu corpo
Nas cinzas os poemas Tang brotando na minha mente

16/06/2013

Su Huatian

Su Huatian, pseudônimo de Liu Yuanhang, nasceu no município de Sui, na província de Henan, em 1991. Criança, se mudou para Xinjiang com os pais, que ingressaram no corpo econômico e paramilitar daquela província. Mais tarde licenciou-se em Literatura Inglesa pela Universidade de Pequim. Escreve poesia e ficção, além de trabalhar como tradutor. Os seus trabalhos foram publicados na *Revista de Poesia, Floresta de Poesia, Literatura Xangainesa, Construção Poética* e incluídos em várias antologias. Ganhou o Prêmio de Poesia Sem Nome (2013) e o Prêmio Especial de Poesia Flor de Cerejeira (2013). Publicou a coleção de poesia *O Momento Descendente* em 2019. Foi presidente da Associação Literária 4 de Maio da Universidade de Pequim. Atualmente mora em Pequim e trabalha como jornalista.

拔牙手术

直到突然醒来的某日清晨，他才在已经消肿的
水雾里，逐渐习惯那张一度有些陌生的面孔
麻药的作用已经消散。这是一月，雪仍未落下

镜子里的他开始穿衣服，让不太合身的袖口
拉伸手臂。鞋带相互纠缠，并结成飞扑的姿势
手指发凉，像是率先适应了漫长的阴冷天气

他吃早餐。线还未拆开，食物有种陈腐的味道
昏沉的光束在盘子里打转，他轻轻地咀嚼着
微弱的疼痛感，熟悉张口或是保持沉默的方式

他走路。每一天，都有新的废墟在远处升起
有时它也出现在身体内部。总是最坚硬的部分
最先开始损坏，在无数次碰撞后，迅速萎缩

他乘坐电梯上到顶楼，镜子里的身体开始下沉
有人迟疑了片刻，转过身，站在自己的背后
他忽然想起很多事，双脚却仿佛仍然深陷雪中

2018

Operação para arrancar um dente

Até que uma manhã acorda de repente, dentro da neblina já
Desinchada, aos poucos se habitua ao rosto antes estranho
O efeito da anestesia passou. É janeiro, a neve ainda não caiu

No espelho começa a se vestir, deixa os punhos desajustados
Esticarem os braços. Os cadarços se emaranham em posição de
[decolagem
Os dedos gelam, parecem ser os primeiros a se adaptarem ao
[longo tempo umbroso

Toma o café da manhã. Com os pontos, a comida tem gosto
[de estragado
Um baço feixe de luz gira no prato, mastiga de leve-leve
Uma fraca sensação de dor, se acostuma à abertura da boca ou
[mantém o modo silencioso

Caminha. Todos os dias, novas ruínas se erguem em lugares distantes
Às vezes também aparecem dentro do corpo. Sempre nas partes
[mais duras
Começa o estrago, após inúmeras colisões, rapidamente atrofia

Pega o elevador até o último andar, o corpo no espelho começa
[a naufragar
Hesita por um momento, se vira e está atrás das próprias costas
De repente se lembra de muitas coisas, mas os pés parecem estar
[ainda enterrados na neve

2018

边界地带

天色加速变暗的日落时刻，依然有人在周围来回走动
那些逐渐清晰的身影，在夜幕中重新变得遥远
没有雪。正在被翻修的柏油路面，结出细碎的寒冷

这是十二月边境的城市。不必去抬头看，也不必
用长谈消磨永日。鸽子从尖顶的高处下来，低沉的光
寻找着新的栖所。已经开裂的建筑，变得更加寂静

那些雕像曾经和钢筋水泥一起，构筑起他们的生活
但现在，人们已经学会如何与记忆相处
过期的招聘启事上，只剩下未接来电与工厂旧址

也有人越过栏杆，提前走到对面，完成了一次突围
或是忽然停下来，听往日的鸽哨在车流的喧响中升起
但很快，风从风声里传来，行道树重新隐入丛林

在无数的空间之间，人们练习反锁，转身，迅速睡去
重复的熟练动作，将身体里陌生的部分推向边界地带
只有口袋里的钥匙，仍在局促的黑暗里叮当作响

2017 于哈尔滨

Fronteira

A cor do céu corre para a hora do escuro, ainda há gente rodando por aí
Essas silhuetas cada vez mais nítidas, na cortina da noite de novo
[se tornam distantes
Não há neve. Agora mesmo a recuperação do asfalto da estrada,
[produziu fragmentos de frio

Esta é a cidade na fronteira de dezembro. Não é preciso levantar
[a cabeça, nem
Desgastar o dia incansável com longas conversas. Os pombos
[descem das alturas, a luz sombria
Procura um novo pouso. O prédio eviscerado, fica ainda mais silencioso

Estas estátuas já foram mistura de aço e concreto, edificaram a vida delas
Mas agora, as pessoas já aprenderam a lidar com a memória
Das ofertas de emprego expiradas, só restam chamadas não atendidas
[e endereços antigos de fábricas

Há gente que passa por cima da cerca, chegando antes do outro
[lado, completando a fuga
Ou para de repente, escuta o arrulhar do pombo do passado no
[meio do tumulto dos carros
Mas logo, o vento é ouvido nos rumores, as árvores da rua se
[escondem na floresta

Nos incontáveis espaços vazios, pratica-se o encarceramento, a
[virada, o rápido adormecimento
A repetida destreza de movimentos, empurra as partes estranhas
[do corpo para a fronteira
Apenas a chave no bolso, no estreito escuro faz din-don

Harbin, 2017

乌鲁木齐

那些最危险的时刻终于都已经过去
你我依旧像以前那样，尝试着
早睡晚起，习惯那些蔬菜店、厨房
和防暴警察，并为一种安稳的生活
感到快乐。在顶楼入夜的阳台
看远处的塔吊，对话总被沉寂打破

有时候，山水隔绝的消息，夹杂着
隔壁做菜的饭香，从抽油烟机那边
传来，风波往事变得飘渺而有滋味
革命的长谈也暂时被肥胖问题取代

再喝最后一杯啤酒，你就能有勇气
选择辞职，回到边境那个镇子上去
但不断升高的疲惫带来一种舒适感
让我们很快地各自睡去，并从手机
那无休止的震动中梦出了防空警报

2014 致翟雪峰

Urumqi

O momento de maior perigo finalmente já passou
Você e eu parecemos os mesmos de antes, procurando
Dormir cedo, acordar tarde, tentando nos acostumar com a quitanda,
A cozinha, a polícia de choque e nos sentirmos felizes,
Com uma vida estável. No terraço ao entardecer
Avistamos os guindastes ao longe, o diálogo é sempre esmagado
[pelo silêncio

Às vezes, notícias isoladas das montanhas e dos rios, se embaralham
O cheiro da cozinha do vizinho, chega pelo exaustor
Os distúrbios passados se tornam vagos e saborosos
O debate sobre a revolução é por ora substituído pelo da obesidade

Beba um último copo de cerveja, e você já terá coragem de
Optar pela renúncia, voltando à vila na fronteira
Mas a exaustão crescente traz uma sensação de conforto
Que rapidamente nos faz adormecer um a um, e nas vibrações
[incessantes
Dos nossos celulares sonhar com os alarmes da defesa antiaérea

Para Zhai Xuefeng, 2014

临时演员

那时我正要出城去，决心迎战那捷足的
阿基琉斯，但是你拉住我，说要给我
一些嘱咐。我抱怨着战服真难看而笨重
中国丝绸在你身上却很合身。在这个
仿古式房间里，熟悉的事物随意地堆放
你脱下它们，并帮我解下头盔和盾牌
于是镜子里的回廊变得繁复。

　　　　　　　　　　　　　　再远一些
我们就能更清楚地看清对方，但一种
更真实的生活命令我们在虚构的被单上
翻转，将偶然的失语插入预设的情节
并不断重复着沉默。赫克脱耳，让我们
就这样死去，或者退向更琐碎的事物
你对我说。

　　　　　　一切都在下坠，我们被抛向
最后的高潮。这被镜子所复制的角色
将要走出城去，只有投空的武器和重现
的往事。此刻我和你相拥着痛哭自己
却只能被从瞌睡中赶来的导演连忙喊停

2013

Ator temporário

Eu estava saindo da cidade, determinado a enfrentar
Aquiles de pés ligeiros, mas você me segura, diz
Que tem coisas para falar. Me queixo que o traje de batalha
[é feio e pesado
Mas a seda chinesa fica muito bem em você. Nesta
Sala falsamente antiga, as coisas familiares estão espalhadas
[em desordem
Você se desfaz delas, e me ajuda a remover o capacete e o escudo
No espelho o corredor sinuoso se complica.

Um pouco mais longe
Podemos ver um ao outro com mais clareza, mas uma vida
Mais verdadeira nos obriga a revirar
Nos lençóis imaginários, incidentalmente inserir um lapso
[no enredo previsto
Sem quebrar o repetido silêncio. Hector, deixe-nos
Morrer assim, ou recuar para coisas mais banais
Você me diz.

Tudo está caindo. Estamos sendo atirados
Contra o último clímax. Esta personagem duplicada pelo espelho
Vai deixar a cidade, levando apenas armas lança-vazios e histórias
Ressuscitadas. Agora eu e você abraçados choramos nós mesmos
Mas não podemos evitar que o diretor recém-acordado grite corta

2013

海淀教堂

凌晨四点，我离开地下室
白色建筑工地，夜正被提升
五月，最后一日。止痛片，红绿灯
来回穿行两次
有人沿天桥，走到对面
远处的瓦砾堆，楼群依旧紧闭

如同某种预感，但尚未发生
黑色的十字架，仿佛塔吊的暗影
我闭上眼睛；悬空的阶梯
已无法数清

街灯如巨鹤。凌晨四点，没有雨
我在外面待了一小会儿
但并没有进去

2013.5

Igreja de Haidian

São quatro da manhã, saio do porão
No branco canteiro de obras, a noite está sendo erguida
Maio, o último dia. Analgésicos, semáforos
Indo e vindo duas vezes
Alguém na passarela, cruza para o outro lado
Entulhos ao longe, monte de prédios ainda fechados

Como um certo tipo de pressentimento, que entretanto não tive
Cruz negra, parece sombra de guindaste
Fecho os olhos; as escadas penduradas no ar
Já não consigo contar

Postes como aves gigantes. São quatro da manhã, não chove
Fico lá fora por um instante
Mas não entro

Maio de 2013

对坐

宋晓江，唐山市欢套村人氏，年三十九，排行老大
常年漂泊在外，单身无业，因父母病重，还乡照顾。
时值花生成熟，为防偷盗，暂住于田间帐篷中。
八月十五日中秋过唐山，遇宋晓江，与共宿花生地。

没有灯。我们坐下来，在月亮的周围吃花生
他一边说话，一边摘下这双生的果实
我看他头发用秸秆束起，脸和植物一样，满是
泥土。他已在此度过整个季节，（更准确地
说，是整个夜晚）。胡子在黑夜中变白
他坐下来剥花生，不停地数着花生壳，
在月色中眺望整个花生地，并邀请我进入
这用秸秆搭筑的梁山城寨。像是一座盛放
庄稼的镂空瓦罐，或者是宋晓江未嫁的
老婆和妻子，说起他从未说过的波罗的海
的一架钢琴。风和他的头发一样迅速
而我们在月亮下面，被花生秸秆覆盖着
远处的玉米，还有更远处，正在打工的三个
兄弟，都在等待着，被季节的闪电劈开

2012

Frente a frente

Song Xiaojiang, da aldeia Huantao, na cidade de Tangshan, tem 39 anos. É o primogênito. Desde há muito vagueia por aí, é solteiro e está desempregado. Voltou à sua aldeia para cuidar dos pais doentes, no tempo dos amendoins maduros. Para evitar furtos, montou uma barraca no meio do terreno.

No dia 15 de agosto, dia do Festival da Lua, passei por Tangshan, encontrei Song e fiquei com ele no campo de amendoim.

Não há luz. Sentados nos arredores da lua comemos amendoins
Ele fala, e apanha os frutos gêmeos
Vejo seu cabelo amarrado com palha, o rosto cheio de terra
Como uma planta. Ali permanece todo o tempo (para ser mais preciso,
Uma noite inteira). Na escuridão da noite a barba fica branca
E ele sentado descascando amendoins, sem parar, contando as cascas,
Sob a luz da lua contempla o campo de amendoim, e me convida
[a entrar
Nesta muralha de palha do monte Liang*. Parecida com um pote
[perfurado
Usado para colheita, ou a ainda não-esposa de Song Xiaojiang
Falando de um piano do mar Báltico
Nunca antes mencionado. O vento e o cabelo dele são igualmente
[rápidos
E nós estamos ao luar, cobertos pela palha do amendoim
Ao longe o milharal, mais longe ainda, estão três irmãos
Trabalhadores migrantes, todos esperando, serem partidos ao
[meio pela centelha da estação

2012

* O monte Liang é o lugar onde os 108 marginais se escondiam no romance *Margem da Água*. Este romance data do século XIV e é atribuído a Shi Nai'an, sendo considerado uma das maiores narrativas clássicas da literatura chinesa. O nome Song Xiaojiang alude à personagem principal do romance: Song Jiang.

Du Lulu

Du Lulu nasceu em Hefei, na província de Anhui em 1979. As principais publicações da poeta são *Aproximar* (2006), *Ilha da Aventura* (2013), *Ela não Encontrou o Cavalo Marrom* (2014), *Vamos Falar sobre a Chama Adequada* (2015) e *O Mistério de uma Pólis* (2021). Du Lulu ganhou diversos prêmios, entre eles o Prêmio Poeta Jovem do Festival de Poesia Internacional do Rio das Pérolas e o Prêmio Poesia de Outubro. Atualmente mora em Guangzhou.

幽灵

读完这些——
未能实现的事，
沉入河道
我们精力太充沛，
叙述文体微弱的变化中。
——谁会死在清澈水底？
从西南到东南的遥望，
高原夜雨，
我们凝听神秘人有效的词语。

活一天，
这一天便不得平静。
他来，他去
别人的广阔受其操控。
他像父亲一样严格，
给我们穿衣、系腰带
该看的都让看了
那蒙羞的混乱在野地里操练。
我们制造了更多孩子——
被遗忘的，不合时宜的。

粘稠的语感
瓜分善用悼词的我们。
这种时候，合理使用控制权
高于幻境涌动。
“这是去外国殖民的方式，
说汉话的人将学会灵活的兽语
以及无效抵抗——”

O Fantasma

Depois de ler isto --
Coisas não realizáveis,
Afundam no rio
Nossa energia é imensa,
Para descrever as mudanças sutis de estilo.
-- Quem morrerá na água límpida?
Olhando do sudoeste para o sudeste,
Chuva noturna no planalto,
Ouvimos da pessoa enigmática a palavra útil.

Viva um dia,
E este dia não será tranquilo.
Ele veio, ele se foi
Controlando a vastidão dos outros.
Ele é exigente como o pai,
Nos vestiu, colocou os cintos
Tudo o que devia ver foi visto.
O vergonhoso caos se pratica na natureza.
Fizemos mais filhos --
Negligenciados, inoportunos.

O sentido viscoso da linguagem
Segregou os bons em elogios
Neste cenário, o uso racional do poder de controle é
Maior do que a ondulação da terra da fantasia
"Esse é o jeito de colonizar países estrangeiros,
Os falantes de chinês vão aprender a ágil língua animal
E uma resistência inútil-- "

我们要去的地方太远，
旧河道已经衰败。
流动的情绪，
活跃在他下降的声调里。

——那急速消失的河水，
灌进我们的衣领，
跌落下来，
汇成足够的船资——
我们欢呼，爬到他颤抖的
肩膀上。
我们吃他的舌头，他的权力
将他捏成一团，
投进河底。

先生，再见。

2015

Nosso alvo está longe demais,
O velho rio já está decadente.
Sentimentos em fluxo,
O ânimo está no seu tom declinante.

-- Suas águas correndo para a desaparição
Enchem nossos colarinhos,
Desabam,
Confluindo para uma acumulação de barcos--
Saudamos e subimos nos seus ombros
Trêmulos.
Comemos sua língua, seu poder
Com ele fazemos uma bola,
Atiramos ao fundo do rio.

Senhor, adeus.

2015

新生

她想成为新世界的一员
便来到我的梦中。

传说中的光明
使她放心，这里——
没有多余的人，
动物异常冷峻。

“——是你的乐园，
你的领地，可你在暗昧中沉睡”。
她自在地躺下
在我的梦里，
像是拥有整片地方。

“平庸的空间正在被替换，
勇敢者能得到它——”
荒草望不到头
失重的云朵掉下来。

“我自己就是路，请走过来”，
她摊开手脚，
伸长每一个关节——
占据了所有我看到的画面。

“你要走很远的路，
请从西北的马群里挑选你钟爱的”
她指挥我的梦，调整观察视角
贬损这里规范的、让过往入梦者
一致赞赏的平衡。

Vida nova

Ela quer ser uma pessoa do mundo novo
E eis que aparece no meu sonho.

A luz lendária
A deixa tranquila, aqui --
Sem gente a mais,
Os animais estão excepcionalmente graves.

"-- É o seu paraíso,
Seu território, mas você dorme na obscuridade."
Ela se deita à vontade
No meu sonho,
Como se tivesse o lugar todo.

"O medíocre espaço está sendo mudado,
Os corajosos poderão tomá-lo -- "
Os campos não têm fim
Nuvens sem peso vêm abaixo

"Eu mesma sou o caminho, venha por favor",
Ela estende mãos e pés,
Esticando cada articulação --
E ocupa tudo o que a minha vista alcança.

"Você tem que percorrer um longo caminho,
Escolha entre os cavalos do rebanho noroeste o seu favorito"
Ela comanda o meu sonho, ajusta a perspectiva
Diminuindo o equilíbrio, aqui regulado
Também apreciado pelo sonhador do passado.

她将我拖进梦里，放在马背上
“你只能去寻找另一处
建设中的国度，无法计数的空壳
葬在岩层中——”

我失去了我的梦，
她在我身体中醒来。

2015

Ela me arrasta para o sonho, me põe sobre o lombo do cavalo
"Você tem que procurar um outro país
Em construção, incontáveis conchas vazias
Enterradas entre camadas rochosas -- "

Eu perdi o meu sonho,
Ela acorda do meu corpo.

2015

雪地里的捕捉

他要捉一只雪地里的孔雀。
它要冻死了。太冷了，他走在大街上
手里握着旅行袋。

孔雀还在昨天的地方，一夜过去
它只挪动了两米
奄奄一息，他肯定。

他蹲下来抚摸孔雀
快掉光的翎毛。
这只蹊跷的鸟儿从哪里来
他有过六个想法。

每一个都被他扔掉。
“最有可能我不在这儿”，
他想起自己难以描述的遭遇，
孔雀低低叫着。

他们共同跪在雪地里，
人们跨过他们的身体。

孔雀正变得透明，他的手也是。
他接近它的地方逐渐看不见了。

他抱住了孔雀。

2013

Captura na neve

Ele quer capturar o pavão na neve.
Que vai morrer congelado. Faz muito frio, ele caminha na rua
Nas mãos uma mala de viagem.

O pavão está no mesmo lugar de ontem, passada uma noite
Se mexeu apenas dois metros
Estava nos seus últimos minutos, ele tem certeza.

Se agacha para afagar o pavão
De plumas quase ausentes.
De onde vem este pássaro insólito
Ele teve seis ideias.

Cada uma delas por ele descartadas.
"É muito provável que eu não esteja aqui",
Lembra-se das suas indescritíveis aflições,
Gritando em voz baixa com o pavão.

Os dois se ajoelham na neve,
Gente passa sobre os seus corpos.

O pavão se torna transparente, a mão dele também.
Ele se aproxima do lugar do pavão e a pouco e pouco vai
[deixando de o ver.

Ele abraça o pavão.

2013

未来世界

即使这里没有树，没有淤泥和河流
前人和后人翻身上马扬长而去
注意到此刻落地成影的光
微微升起，像迷雾闪烁棘刺的痛点
阻挡前路，渺茫的未来。

即使没有任何人来过这儿，
绝壁之上停有秃鹫三俩，
它们太虚弱，死尸很久不出现了
滚烫的岩石始终在沸腾，
可以接受它们落到此地的命运
是自我熄灭吗？

假设以上都是风景中虚拟的另一维度，
此刻与之平行的地方
有树，有清澈的水
络绎不绝的游客骑马观花
可怜的，秃鹫也只能是半死不活
养在观鸟巢中
供人，我们来指点、逗乐。

我们这些城市人，太过热爱豢养
飞禽走兽，奇花异草
还有同类也是目标——
在这真空漂浮的树下、河上
建起一间间房子
养姑娘，养老爷、少年，
丑脸与没脸的人。
白日里喂上几顿
就大方得体的砍掉对方的脑壳，剥去神经

O mundo de amanhã

Ainda que não haja árvores, lama ou rios
Aqueles presunçosos que vieram antes e os que vêm depois
[partem nos seus cavalos
Repare neste momento a luz-sombra que cai
Sobe levemente, parece um vacilante ferrão de dor no nevoeiro
Bloqueando a estrada, incerto amanhã.

Mesmo se ninguém nunca esteve aqui,
À beira do precipício param dois ou três abutres,
Estão demasiado fracos, não aparecem cadáveres há muito tempo
As pedras escaldantes estão fervendo desde o princípio,
Aceitar o destino-queda deles
Significa a minha própria extinção?

Suponha que os de cima estejam numa dimensão virtual da
[paisagem,
Agora, num lugar paralelo a ela
Há árvores, águas limpas
À cavalo um sem-fim de turistas observa flores
Desgraçados, os abutres meio-mortos não vivem
São criados dentro de um ninho
Nos concedendo a oportunidade de, ao apontar o dedo, nos
[deleitarmos.

Nós os urbanos, adoramos criar
Bichos que voam ou andam no chão, seres exóticos
Também os da nossa espécie têm como meta--
Debaixo de árvores flutuantes no vazio, no rio
Construir casas para
Criar moças, patrões, jovens,

做个套绳挂在日益繁茂的大树上
吊人玩儿。——凶手!
别不承认!

黑暗的时光中,
谁能握住谁的手,求来怜悯与爱,
以及许久不见的信任,
让话语变成暖风,跟随坠落的树叶
伺机而动,
在摇晃的光线里飘向另一个地方。
一个意料之中的反向世界。
或者说,
不存在的未来。

2016

Gente de cara feia e sem cara.
De dia várias vezes damos de comer
Generosamente cortamos os crânios dos oponentes, descascando
[os nervos
Para fazer um nó de forca e pendurá-los na árvore cada vez
[mais frondosa
Enforcamos por diversão. -- Assassinos!
Não neguem!

Em tempos escuros,
Quem pode segurar a mão de quem, pedir compaixão e amor,
E a confiança há muito perdida,
Deixando as palavras virarem brisa suave, seguindo as folhas caídas
Aguardando o melhor momento para agir,
Na luz oscilante flutuar para um outro lugar.
Um mundo inverso ao esperado.
Ou seja,
Um amanhã que não existe.

2016

犹如深海

吸住这对恋人的，是甜味，
潮水涌到他们胸口
仿佛浓稠的糖，在火苗里烧
变软，
为他们塑出精致、严密的外壳。

两个疑惑的人，
向海里游去。
他们不接吻，
但吃彼此唇上的颜色，
蜜一般，芬芳。

甜在水里荡开——
层层海浪掀起，
巨鲸也来到，
成为他们坐骑。

两个与海水逐渐合在一起的人，
端坐鲸背正中
向深海里去。

一片丛林，一片岩石
到处挂着
失去主人的话语。
——那些迟疑的过去，
从未成型的音节，
那些从舌头卷翘中抓取的声音。

Como o mar profundo

Quem suga estes dois amantes, é a doçura,
Estão com a água quase até o pescoço
Parece espesso açúcar, que no fogo
Amolece,
Moldando para eles delicada, rígida concha.

Duas pessoas receosas,
Nadam para dentro do mar.
Não se beijam,
Mas comem a cor dos lábios um do outro,
Feito mel, perfumado.

A doçura se propaga na água --
Em ondas que se levantam.
A baleia também veio,
Para servir de montaria.

As duas pessoas pela água unidas,
Sentadas nas costas da baleia
Vão para o mar profundo.

Na selva, nas rochas
Em todos os lugares estão penduradas
As palavras dos mestres perdidos.
-- Nestes passados hesitantes,
As sílabas nunca formadas,
As vozes presas pelas línguas enroladas.

他们的无声！
哦，此刻，
事实上他们也看不见对方。
他与她之间，隔了柔软、厚实的
海水，
无数的甜。

2015

O silêncio delas!
Ah, neste momento,
Eles realmente não podem se ver.
Entre ele e ela, existe a macia, sólida
Água do mar,
Incontável doçura.

2015

Hu Sang

Hu Sang nasceu em Deqing, na província de Zhejiang, em 1981. Publicou a coleção de poesia *O Modelador* (2014), a coleção de ensaios poéticos *Olhando Para as Pessoas do Outro Lado do Abismo* (2016), a coleção de ensaios literários *Ao Outro Lado do Rio Meng* (2017), *Começo de uma Distração* (2021) e as traduções *Poesia Escolhida de Wislawa Szymborska* (2014), *W. H. Auden: A Mão do Tintureiro* (2018) e *Estudos de Vida: Poemas Escolhidos de Robert Lowell* (2019), entre outras. Atualmente ensina no Departamento de Literatura Chinesa da Universidade Tongji, em Xangai.

赋形者

——致小跳跳

尝试过各种可能性之后，
你退入一个小镇。雨下得正是时候，
把事物收拢进轻盈的水雾。

度日是一门透明的艺术。你变得
如此谦逊，犹如戚浦塘，在光阴中
凝聚，学习如何检测黄昏的深度。

你出入生活，一切不可解释，从果园，
散步到牙医诊所，再驱车，停在小学门口，
几何学无法解析这条路线，它随时溢出。

鞋跟上不规则的梦境，也许有毒，
那些忧伤比泥土还要密集，但是你醒在
一个清晨，专心穿一只鞋子，

生活，犹如麦穗鱼，被你收服在
漆黑的内部。日复一日，你制造轻易的形式，
抵抗混乱，使生活有了寂静的形状。

我送来的秋天，被你种植在卧室里，
“返回内部才是救赎。”犹如柿子，
体内的变形使它走向另一种成熟。

2010年10月26日

O modelador

- à Xiao Tiaotiao

Depois de tentar todo tipo de possibilidade,
Você se retira para uma cidadezinha. Chove neste exato momento,
Reunindo as coisas em uma leve névoa.

Sobreviver é uma arte transparente. Você se torna
Tão humilde quanto o lago Qipu, condensado no tempo,
Ao compreender como detectar a profundidade do anoitecer.

Você entra e sai da vida, tudo é inexplicável, do pomar,
Caminha até a clínica dentária, pega o carro, para à porta da escola
A geometria é incapaz de analisar este itinerário, ele está prestes
[a transbordar.

Saltos pisam sonhos irregulares, talvez venenosos,
Essas angústias são mais densas que o chão, mas você acorda
Uma manhã, focado em calçar apenas um pé de sapato,

A vida, como se fosse um peixinho, é dominada por você
No escuro âmago. Dia após dia, você cria fáceis aparências,
Para resistir ao caos, dando à vida uma forma tranquila.

O outono que enviei, você plantou no quarto,
"Voltar ao âmago é a salvação". Como o caqui,
Cuja deformação interna leva a um outro tipo de madureza.

26 de outubro de 2010

孟郊：仄步

我曾是危险的人，
如今却在人群之中。

我出行，溪涧突然进入了冬天，
其实，时间已被我穿越。

一块沉积岩忍住悲伤，
我的日子没有未来。

醒来是为了睡去，长啸，
才能获得枯涩的寂静。

在干枯的歌行上独行。
小女在宜兴，是我理智的疾病。

每一个儿子的死增加着我的麻木，
我是一只研磨不幸的砚台。

我的笔墨越来越轻盈，
越来越懂得反讽和失败。

我终于成为政治的盗版商，否定的
教徒，命运比我更加古老。

我借助影子而生存，
一个偏僻的词，如素冰裂开。

2011年7月27日

Meng Jiao*: passos oblíquos

Eu já fui uma pessoa perigosa,
Hoje me encontro no meio da multidão.

Vagueio, o riacho entra de repente no inverno,
Na verdade, já cruzei o tempo.

Uma rocha sedimentar suporta a tristeza,
Meus dias não têm amanhã.

Acordo para ir dormir, um longo sibilo,
Pode colher um silêncio seco.

Ando sozinho na seca frase de uma canção.
Minha filha está em Yixing, é a doença da minha mente.

A cada morte do meu filho cresce minha apatia,
Sou uma pedra de tinta** onde se mói a tristeza.

O traço do meu pincel está cada dia mais gracioso,
Cada dia mais entendedor da ironia e do fracasso.

Finalmente me tornei um falsificador da política, discípulo
Da negação, cujo destino é mais antigo do que eu.

Com ajuda da sombra sobrevivo,
Uma palavra remota, como o branco gelo se abrindo.

27 de julho de 2011

---

* Meng Jiao (751-814) foi um poeta da dinastia Tang.

** Pedra de tinta é onde se prepara o pigmento para a caligrafia e a pintura clássica chinesas. O bastão de tinta é esfregado na pedra com um pouco de água.

北茶园

一个地址变得遥远，另一个地址
要求被记住。需经过多少次迁徙，
我才能回到家中，看见你饮水的姿势。

不过，一切令人欣慰，我们生活在
同一个世界，雾中的星期天总会到来，
口说的词语，不知道什么是毁坏。

每一次散步，道路更加清醒，
自我变得沉默，另一个我却发出了声音，
想到故乡就在这里，我驱散了街角的阴影。

“我用一生练习叫你的名字。”
下雨了，我若再多走一步，
世界就会打开自己，邀请我进入。

2012年6月8日

Plantação de chá no norte

O endereço se torna mais distante, um outro endereço
Pede para ser lembrado. Quantas migrações serão necessárias,
Até eu voltar pra casa, e ver o jeito como você bebe água.

Porém, tudo me consola, nós vivemos
No mesmo mundo, o domingo-nevoeiro sempre chega,
As palavras que saem pela boca, não sabem o que é devastação.

A cada caminhada, a estrada fica mais lúcida,
Meu eu fica em silêncio, um outro eu emite sons,
Ao pensar que a terra natal é aqui, afasto as sombras da esquina.

"Passo a vida ensaiando dizer o seu nome."
Chove, se eu der mais um passo,
O mundo vai se abrir, me convidando a entrar.

8 de junho de 2012

任性的人

窗外是城市，释放着争执的夜。初夏的薄雾
被吸入每一个人的肺部，它不懂得什么差别。
有时候我们只是忘记了：我们，来自不同的省份，
微凉的风，到底是无法修复身体与身体之间的裂缝。

口音中的方言醒着，未闭合的铝合金窗醒着，
镜子在诉说着容忍，试图翻译人们的无知与傲慢，
桃浦西路已经认识了我，静默的大门却上着锁。
近处的桃浦河并不渴望什么，然而它醒着，醒着。

楼上，两个从不失眠的人促膝长谈，彻夜。
不为什么。大多数人活着，有时相互取悦，
有时相互伤害，于是，肉体醒来又睡去。
只有一封未拆的信，才能够守护那一团晦暗。

2016年6月15日 凌晨

Uma pessoa obstinada

Além janela há uma cidade, libertando a conflituosa noite. A névoa
[do início do verão
Entra nos pulmões, que não entendem a diferença.
Às vezes apenas esquecemos: nós, das outras províncias,
O vento fresco, é incapaz afinal de reparar a fenda entre um corpo e outro.

As vozes dos dialetos despertam, as janelas de alumínio entreabertas
[despertam,
Os espelhos falam sobre tolerância, tentando traduzir a ignorância
[e arrogância das pessoas,
A rua Oeste de Taopu já me conhece, mas a porta silenciosa está trancada.
Nas proximidades o rio Taopu nada deseja, mas está desperto, desperto.

No andar de cima, duas pessoas que nunca tiveram insônia conversam,
[a noite toda.
Não é por nada. A maioria das pessoas está viva, às vezes querem
[agradar umas às outras,
Às vezes ferem umas às outras, então, o corpo desperta e vai dormir.
Somente uma carta não aberta, poderá proteger este lugar sombrio.

15 de junho de 2016, início da manhã

翻译

追忆世上事，束教已自拘。——鲍照

这些树，这些香樟，腊梅，干枯的石榴，
颤栗在悔吝之雨中。一切始于
向外的欲念。记住，那不是一场旅行。

思念在枝头凝聚为沉默，记住，那是不
自拘。有人站在地铁口，忧虞无法让他容身，
在这充满约束的风里，道路不能被修改。

真的，那不是旁观，寒冷自领口入侵，
而人们在学习，学习眺望别人的生活。
记住，虚构出幸福，我们才收获了痛苦。

苦于泅渡，在乏味的午后，记住，
那就是人世。路灯剪裁出路人的影子。
在敞开的雾霾里，那不是离去，是重逢。

2017年1月19日

Tradução

Ao recordar as coisas do mundo, me encontro limitado no autocontrole. - Bao Zhao*

Essas árvores, essas cânforas, ameixas, romãs secas,
Tremem de remorso na chuva. Tudo começa com
O desejo de ida. Lembre-se, isto não é uma viagem.

A saudade nos galhos se condensa no silêncio. Lembre-se, isto é
Não-autocontrole. Alguém está na entrada do metrô, a
[ansiedade não deixa que se sinta em casa,
No meio desse vento cheio de limitações, o caminho não
[pode ser corrigido.

Veja bem, esses não são espectadores, o frio penetra pela gola,
E as pessoas estão aprendendo, aprendendo a vigiar a vida dos outros.
Lembre-se, com a felicidade inventada, colhemos a dor.

Doente da travessia, na tarde tediosa, lembre-se,
Este é o mundo humano. As luzes da rua talham a sombra
[dos passantes.
Dentro da neblina irrestrita, não está a partida, está o reencontro.

19 de janeiro de 2017

---

* Bao Zhao (414-466) foi um poeta do período das Seis Dinastias.

Han Bo

Han Bo é poeta, artista, dramaturgo, cineasta e ensaísta. Nasceu em Mudanjiang, na província de Heilongjiang, em 1973. Formado pela Universidade de Fudan, publicou diversas coleções de poesia como *Emprestar o Coração Profundo* (2007) e *O Templo do Voar* (2013), o romance *Três Quartos e Duas Salas* (2020), e sete coleções de ensaios de viagens, como *Cavalgando com Baco* (2017) e *O Grafitti e o Ícone* (2017). Participou do Programa Internacional de Escrita da Universidade de Iowa (2009), do Festival de Poesia Inglesa-Francesa (2014), em Paris, do Festival Internacional de Poesia de Berlim (2015) e da Bienal Internacional de Poetas de Moscou (2017). Desde 2017, reside na Alemanha e pesquisa pintura contemporânea com apoio da Fundação Bosch e da Associação de Literatura de Berlim. Foi poeta residente em Vermont, nos EUA, em 2018, com apoio da Fundação Henry Luce. Em 2019, a sua série de poemas *O Oeste Dia*, traduzida para o inglês por Catherine Platt, recebeu o Prêmio de Tradução da revista Asymptote.

Os cinco poemas desta antologia fazem parte de uma série intitulada "Os caminhos de ferro do leste", de 2011. A cidade natal do poeta, Mudanjiang, fica na região nordeste da China na fronteira com a Rússia, onde a chegada da ferrovia em 1908 foi celebrada como crucial para a modernização do país.

现代性器

当代：有时，她
住在临时里。现代
是格林尼治时间
擒住的铁轨，着急，
茶汤咬盏。有时，
她强拆人造的现代，
她住在自焚念头
的当代里：黑烟甩
向俄国，进步的
等死之物无从拆起。

(2011.7.3 上海)

Moderna-genitalidade

Contemporaneidade: às vezes, ela
Habita o temporário. Modernidade
São os trilhos capturados
Pela linha de Greenwich, ansiosa,
A espuma do chá morde a taça*. Às vezes,
Ela destroi a modernidade fabricada
Vive na contemporaneidade do
Pensamento de auto-imolação: fumaças pretas
Lançadas na direção da Rússia, não sabem como
Começar a destruição do moribundo progressista.

(Xangai, 03/07/2011)

* "A espuma do chá morde a taça" é uma expressão usada na cerimônia do chá da China antiga para indicar que a cocção foi feita corretamente.

红军街

哈尔滨：人流喧沸，煮肥白昼。
火车搬来的俄国已被俄国的学生
吃光，多余的黑夜，通电，携手
霓虹与斯大林伪造学生的俄国。

吃不起白昼的诗人只好白吃等待，
等待是卷饼，薄薄的乡村母亲，
裹紧来路不明嗔荤怨素的父亲，
霓虹与斯大林伪造的煮肥的等待

吃空诗人的半生，多余的卷饼
裹紧平庸：平庸不分行，白昼的
平庸增肥三十小时，时间的轮刑
等待脱轨的火车搬来别的等待。

(2011.6.18 哈尔滨；2011.7.12 上海)

A rua do Exército Vermelho

Harbin: o clamor do vaivém fervilha, cozendo o dia.
A Rússia que chega de trem já foi devorada pelos
Estudantes russos, a Rússia da noite supérflua, eletrificada,
De mãos dadas com o néon e com os estudantes forjados por Stalin.

O poeta que não consegue comer o dia só tem a espera para
[comer de graça,
A espera é de tortillas, finas mães camponesas,
Embrulhados os pais de origem incerta se irritam com a carne
[reclamam dos vegetais,
Uma espera cozida feita de néon e de forjados por Stalin

Consumida a meia vida do poeta, as tortillas supérfluas
Embrulham a mediocridade: a mediocridade não interrompe
[o verso,
A mediocridade diurna engorda 30 horas, o tempo da punição
Espera que o trem descarrilado transporte outras esperas.

(Harbin, 18/06/2011; Xangai, 12/07/2011)

野鸭与磕头机

车窗：默念湍急。
平原的湍急，野鸭
下蛋的季节，磕头机
与王进喜默念时不我与。

冻土保温的如画的热的闷墙
湍急：火车捉轨，火车捉鬼。

车窗：将来湍急。
将来：匮乏时代的
车窗：愤怒解决方案。

季节驯育的野鸭
只为湍急的平静下蛋。
石油的平静从未歇脚。

车过大庆，鬼撞心的乘客
庆幸野鸭：无心的逃票者，
彼此乱投彼此，时不我与。

(2011.6.18 哈尔滨至满洲里: 2011.7.15 上海)

Patos selvagens e a máquina de fazer kowtow

À janela: reflito sobre a corredeira.
A corredeira da planície, a época em que os patos selvagens
Botam ovos, a máquina de fazer kowtow
E Wang Jinxi* refletem sobre o tempo sem mim.

Parede asfixiada, quente, inusitada, à prova de terreno gelado
Corredeira: o trem agarra o trilho, o trem agarra o diabo.

À janela: o futuro-corredeira.
O futuro: a era da escassez
À janela: um plano raivoso como solução.

Os patos selvagens amansados pela estação
Só botam ovos para acalmar a corredeira.
A serenidade do petróleo nunca descansa.

Os carros cruzam Daqing, os passageiros tocados pelo diabo
Se alegram com os patos selvagens: clandestinos acidentais
Se jogam uns contra os outros, o tempo segue sem mim.

(De Harbin a Manzhouli, 18/06/2011i; Xangai, 15/07/2011)

* Wang Jinxi (1923-1970), conhecido como o Homem de Ferro, foi um operário do campo de petróleo de Daqing, transformado em herói durante o período da campanha O Grande Salto Adiante, lançada por Mao Zedong entre 1958 e 1960.

黑烟挂晒

道为天下裂，黑烟
挂晒：卧轨唤醒沉睡
的浩然无足采信。

大地从未沉睡，梦游
只为蜂出的黑烟挂晒。

内燃机的怜悯梦见
丘原：旱草枯对
牛羊，粪便与泥尿
冷而油腻，大地
挂晒的污迹跃动
而感染捷径。

像骑马人的牙齿一样松朽，
像夜空挂晒眼神一样失眠。

怜悯挂晒，巡视夏的表层。
车厢里的进口意志梦见
草的主人下马，定居
水泥潮闷的汉语；牛羊
的夏啃光骨瘦的鼠灾。

黑烟为天下裂，只身
打马：打马的铁轨的
使者假托高速而不动。

(2011.6.19 满洲里: 2011.7.18 上海)

Fumaça preta pendurada ao sol

Para o mundo estradas abrem fendas, fumaça preta
Pendurada ao sol: deitado sobre os trilhos acordo
Para a vastidão sonolenta e pouco credível.

A terra nunca dorme, caminha enquanto sonha
Fumaça preta feito enxame pendurada ao sol.

A piedade do motor a gasolina sonha
Com morros e planícies: o capim seco combina com
O gado, a lama de fezes e urina
Fria e oleosa, a terra
Com suas manchas saltitantes penduradas ao sol
Contaminam os atalhos.

Como os dentes podres de quem cavalga,
Como o céu noturno pendurado ao sol que não dorme.

A piedade pendurada ao sol, inspeciona a superfície do verão.
A vontade importada em vagões sonha
Que o dono do capim desce do cavalo, e se instala
No cimento úmido da língua chinesa; o verão do rebanho
Morde os magros ossos do desastre dos ratos.

Fumaça preta para o mundo abre fendas, sozinha
Açoita o cavalo: o enviado-dos-trilhos-açoitador-de-cavalo
Simula a alta velocidade e não se move.

(Manzhouli, 19/06/2011/6/19; Xangai, 18/07/2011)

新县城

天气预报说服天气，
现实服从主义：麋鹿
服从迷路。雷阵雨
的塑料袋摔向身后的
中转站，新县城像
半盒剩饭，嘘地一声
加醋添油。主义的
速度肿胀：卸下大同，
运走旧社会与不同。

郊野间，天气失眠：
铁轨抽送的复印机
未留空处，浅睡的
偶尔已被塑料袋里
游泳的人推搡挤占。

隐士进城，自比废纸篓：
暗箱盛凶吉，运命各殊悬。
废纸失眠，复印大同的
失眠无法复印无为或同治。

塑料袋里上岸的佛陀，
脱下自比泳装的
内裤：松紧带深耕
赘肉的勒痕：旧村镇
唯一存储过往之地。

(2011.6.20 满洲里: 2011.8.5 上海)

Nova cidadezinha

A meteorologia persuade o tempo,
A realidade obedece à ideologia: os veados
Obedecem ao labirinto. Sacos plásticos
Da chuva tempestuosa caem na estação
De trem. A cidadezinha parece
Restos de comida num bentô, um silvo
De vinagre e óleo. A ideologia
Da velocidade incha: aliviando a Grande Unidade,
Leva embora a sociedade antiga e as diferenças.

No campo, o tempo sofre de insônia:
Os trilhos carregam fotocopiadoras
Sem espaço, às vezes
As pessoas de sono leve são empurradas e apertadas
Nos sacos plásticos pelos nadadores.

O eremita vem para a cidade e se compara a um cesto de lixo:
A caixa escura contém boa e má sorte, cada destino perigoso
[à sua maneira.
Resíduos de papel insone, a insônia copia a Grande Unidade
Mas não pode copiar a não ação* ou Tongzhi**.

---

* *Wu wei*, a não ação, é o princípio central do Taoísmo e tem como objetivo conquistar a harmonia com o universo; é também um conceito político, segundo o qual para bem governar é necessária a moderação nas ações.

** Tongzhi foi o décimo imperador da dinastia Qing, subiu ao trono aos cinco anos em 1861 e morreu de sífilis aos 18 anos, sem deixar herdeiros. A governante de fato foi sua mãe Cixi, que reinou até 1908. A sua morte resultou no colapso da dinastia Qing e na revolução republicana de 1911.

O Buda chega à costa dentro de um saco plástico,
E tira a cueca como quem despe a sunga:
Afrouxando o cinto que penetra
E deixa marcas profundas na gorda barriga: o antigo vilarejo
É o único lugar onde se pode salvar o passado.

(Manzhouli, 20/06/2011/; Xangai, 05/08/2011)

Su Xian

Su Xian nasceu na província de Fujian em 1993. É poeta, crítico e tradutor. Possui licenciatura e mestrado em Literatura Chinesa pela Universidade de Fudan. A sua coletânea de poemas *Entrar no Drama* foi publicada em 2019.

在自然博物馆

自然，在四十公里外的郊区打盹，
历史，从三叠纪的岩层里隆起
伏延两亿年的脊椎，如造物主的钢鞭
驱策着展厅对古生态的模拟。
穿越快进的演化，观众蜂涌的时段，
则像一次改写文明的物种爆炸，
当全场智人争相仰起扩容后的颅骨，
高悬的标本也会挣脱枷锁，迎面扑来
（虽然这源自对历史势能的误解），
构成创世纪前隐藏的章节。
当然，问题所在不止于造型设计，
甚至不止于更迭背后中立的编程语言。
巨型爬虫消失了，板块仍在裂变，
原始的体格经过重重想象，被书商
彩印成插画，引逗幼童科幻式的感伤；
又或者被更人道的工匠发掘，修复，
再拼贴，用以佐证死亡还需进一步分解
——作为绝学，它的确有待练习。
但也不乏有恐龙挺身而出，以布道之姿
张开双颚，对走神者们亮出两排剑齿
（时间在其上狰狞地罗列），
意思是："白垩纪之后，写诗是野蛮的。"
仿佛只要钻破大地，从深处搬出
一座座被包庇的集中营，石化的证词，
目光就不会再轻佻，像翼手龙
在地球上最后的夜晚咆哮着，掠过山脊，
俯冲成一架稍显笨拙的航拍飞机，

No museu da natureza

A natureza, cochila a quarenta quilômetros do centro,
A história, saliência rochosa do Triássico
Coluna vertebral de 200 milhões de anos estendida, parece o
[bastão de ferro do Criador
Conduzindo à simulação paleoecológica na sala de exposição.
Atravessa a evolução apressadamente, um enxame de visitantes,
Como se uma explosão de espécies reescrevesse a civilização,
Quando todos os competitivos homo sapiens levantarem os
[seus crânios melhorados,
Os espécimes dependurados também poderão se livrar das
[amarras, se lançando sobre nós
(Embora isso seja um mal-entendido acerca da energia potencial
[da história),
Constituindo um capítulo secreto antes do Gênesis.
Claro, o problema não se limita ao desenho do modelo,
Nem à substituição da linguagem computacional neutra de fundo.
Os répteis gigantes desapareceram, as placas tectônicas ainda
[se movem
Os corpos primitivos foram vezes e vezes re-imaginados, pelos
[livreiros
Para serem ilustrações coloridas, como a ficção científica
[provocadora de melancolia nas crianças;
Ou serem escavadas, restauradas,
Novamente coladas por artesãos mais humanos,
Para provar que a morte precisa ser mais investigada
-- Como estudo extinto, ela ainda não foi praticada.
Não faltam porém dinossauros destemidos, feito evangelizadores
Escancarando os maxilares, mostrando aos distraídos duas
[fileiras de dentes de sabre

而黑匣子，正启动某种自我毁灭的程序，
把一切遗憾、悲痛，或其余错误的，
统统从记忆脆弱的陈列室里一笔勾销。

2018

(O tempo se espalha sobre eles ferozmente),
Isso significa que: "depois do Cretáceo, escrever poesia é
[selvageria".
Como se bastasse perfurar a terra, das profundezas
Retirar os ocultos campos de concentração, testemunhos do petróleo,
O olhar não pode permanecer leviano, como o do pterossauro
Rugindo na última noite da Terra, planando sobre os cumes
[das montanhas,
Mergulhando até ser um desajeitado avião de fotos aéreas,
Mas uma caixa preta, na hora certa dará início a algum
[procedimento de autodestruição,
Todos os arrependimentos, todas as tristezas, ou todos os
[outros erros,
Das salas de exposição de nossa frágil memória serão cancelados
[de uma penada.

2018

L'avventura

灯光暗下了，一窗黑白往事倒带，
落在邻座感光的皮肤，她说，出于
鼓点和反射。礼帽的群岛倒扣住
影院昏暗的水域，雾中家具漂浮着。
（欠身）是洋流携来半场出神的
体温：体下惊悸的鱼群被无声卷走；
（扭头）左与右正较量，寸寸抵到
关节：一段枝杈裸露于喜鹊腾空之后。

终于，在丁零当啷穿过空巷的末班车上
　　　　　我也想突然攥住她的手。

2017

L'avventura

As luzes vão para o escuro, uma janela de histórias em preto
[e branco é rebobinada,
Entardecendo a pele sensível da pessoa ao meu lado, ela diz,
[isso se deve
Ao ritmo dos tambores e ao reflexo. O arquipélago de cartolas retém
As águas sombrias do cinema, as poltronas flutuam no nevoeiro.
(Educadamente dando passagem) É a oceânica temperatura
[corporal enfeitiçada pelo intervalo:
Sob o corpo peixes aterrorizados são varridos em silêncio;
(Virando a cabeça): A esquerda luta com a direita, apertando
[as articulações
A pouco e pouco: após o galho nu e o alto voo do pássaro*.

Finalmente, no último ônibus que passa chacoalhando pelo
[beco vazio
Eu também quero de repente segurar a mão dela.

2017

---

* O pássaro mencionado no original é a pega-rabuda considerada como uma das espécies mais inteligentes, sendo uma das poucas que reconhece seu reflexo no espelho. O seu nome em chinês evoca alegria e amor.

演武桥下

最靠近海的时刻，高架桥
放低了身段，在它世故的腹下，
越过探头辖区的栈道，我们听
卡车震颤着桥体：一片海，
来自更远的海，但也仅仅是
海的万分之一，将上下翻飞的白鹭
和沿街棕榈叶的机械摇摆
统统纳入大学城外动态的屏保。
对岸，开发区的灯火发掘了
夜的深度——倘若撩开山河
墨绿的面纱，定有一座不眠的机房
藏在幽远背后，计算冷暖、盈亏，
彼此间从无到有的距离。
然而，海风更具备循循善诱的
塑形之力，每一次呼吸都能吞吐
沙滩的轮廓，那些光影中事物的朝向，
中点，线与面的夹角：是午夜
一遍遍洗刷这凋敝的舞池，
把忘记附上邀请的酒瓶退回原址，
是三五个本地学生湿透了，提着凉鞋
从混沌处折返，是新奇的外省游客
走下去，蹉跎一夜如永恒。
他们新婚，好辩，急于施展手腕
迎战浩瀚的巨兽，但似有什么
被丢进身后，黑魆魆的大学校舍里
另一种层层叠叠的夜生活
最险峻的部分。我们也曾理解，
并借着助听器般的海螺，规避了
命数里散布的暗礁，或是攥紧一管
正在风干的墨鱼，无声书写，

Sob a ponte Arte Marcial

No momento mais próximo do mar, o viaduto
Apequena a silhueta, sob a sua sofisticada barriga,
Atravessamos a passarela na área controlada, ouvimos
O caminhão fazer tremer o corpo da ponte: um mar,
Um mar vindo de ainda mais longe, mas que também é só
Um milésimo do mar, incluindo o ir e vir atento das garças
E o balanço mecânico das folhas das palmeiras da rua
Incorporados ao movimento do protetor de tela da universidade
[da periferia.
Do outro lado, as luzes na área de desenvolvimento desenterram
A profundidade da noite -- se levantar o véu verde escuro
Dos rios e das montanhas, aparecerá uma sala de computadores
[insone
Escondida para lá do sol posto, calculando o quente-frio, as
[perdas-ganhos,
A distância que separa um e outro.
No entanto, a força moldadora do vento do mar
Atua pacientemente, e a cada respiro pode engolir expelir
A silhueta da praia, a orientação das coisas na luz-sombra,
O ponto médio, o ângulo entre a linha e o plano: é a meia-noite
Que lava e lava esta pobre pista de dança,
E retorna estas garrafas de vinho não solicitadas ao seu local
[original,
São vários os estudantes locais encharcados, regressando ao caos,
De sandálias nas mãos, são exóticos viajantes de outra província
Que passam, desperdiçando a noite como se fosse eterna.
Eles são recém-casados, amam uma briga, ansiosos que estão
[por mostrar
Suas habilidades de enfrentar grandes monstros, mas parece que algo
Foi deixado para trás, a parte mais acidentada

直到深海未被水波柔化的蟹钳
真能骄傲地伸出，转动调频的旋钮。

2016

De uma outra vida noturna de muitas camadas
Nos escuros dormitórios universitários. Também já entendemos,
E com a ajuda de uma concha auditiva, evitamos
O destino repleto de recifes ou prensamos com as mãos um molusco,
Que se seca ao sol, escrevemos em silêncio,
Até que as garras dos caranguejos não amolecidas pelas ondas
[do fundo do mar
Possam se esticar orgulhosamente, fazendo girar o botão do rádio.

2016

宿舍

渐渐地，我怀疑宿舍是一只狡黠的貔貅，
在我入睡后，啃噬过期的财经杂志。
收缴钥匙、钢镚、交通卡，还有抄满德语的
便签纸，不规则动词变化着书堆的形态，
稍有动静，就为生活制造一场雪崩。
甚至抽屉深处，几首未竟之作也被无情地吞咽，
徒留新我向旧我索要，逝去的记忆和灵感。
他始终不动声色，表现得足够内敛，
几乎超越了内外，醉心于曼妙的拓扑学。
有时，我在他腹中，与台灯久久对视，
二十瓦的眼泪如胃酸，消化着悲伤的赘物。
更多时候，我只是他神经网络里的
一抹乌云，一个程序设计上的小小错误，
来不及脱身，就被“母体”强劲地扫除。
种种迹象表明，他的成长意味着逐步收缩，
在床头、桌脚，在两扇柜门之间
我曾读懂家具的不愿妥协，像昨夜打翻的
保温瓶，用满地碎银，控诉时空的逼仄。
我则暗暗惊叹彼此相似之处，同样突兀，
同样尴尬，同样“热衷于责任而毫无办法”。*
这向我压迫而来的四壁，耗尽了光阴的弹性。
终有一日，我会融入铁屋的呼吸，像所有
曾经呐喊的房客那样，等待新生推门进来。

2015

* 出自马雁《北京城》

Dormitório

A pouco e pouco, começo a suspeitar que o dormitório seja
[um ardiloso pixiu*,
Depois que caio no sono, ele morde as revistas econômicas
[fora da validade.
Confisca chaves, moedas, cartão de transporte, e ainda as colas
De alemão, com seus verbos irregulares capazes de alterar a
[forma da pilha de livros,
Um pequeno movimento, basta para criar uma avalanche na vida.
Mesmo do abismo das gavetas, trabalhos inacabados são
[tiranicamente engolidos,
Resta apenas ao novo-eu solicitar ao antigo-eu, lembranças
[e inspiração.
Do início ao fim ele aparenta calma, mostrando suficiente discrição,
Quase ultrapassa o dentro-fora, maravilhado pelo estudo da
[topologia.
Às vezes, estou dentro da sua barriga, olhando-olhando
[fixamente o abajur,
As lágrimas de vinte watts feito ácido gástrico, dissolvem os
[supérfluos da tristeza.
Mais vezes ainda, sou apenas a nuvem negra
Da sua rede neural, um insignificante erro do sistema operacional,
Inevitável, que será varrido pela poderosa "matrix".
Vários sinais indicam, que o seu crescimento está em contração,
Na cabeceira, no pé da mesa, entre as portas do armário,
Já entendi o desdém dos móveis pelo compromisso, feito a
[queda na noite passada
Da garrafa térmica, usando seu prateado estilhaçado no chão,
[para acusar o espaço-tempo de estreiteza.

---

* Pixiu é um animal da mitologia chinesa, um dos nove filhos do dragão. Usado como amuleto da sorte, riqueza e proteção.

Intimamente reconheço a semelhança, somos ambos orgulhosos,
Ambos desajeitados, ambos "obcecados por responsabilidade,
[mas nem um pouco pelo método"*.
Estas quatro paredes que vêm e me oprimem, consomem a
[elasticidade do tempo.
Um dia, vou me adaptar à respiração do quarto de ferro,
[como os demais
Inquilinos que uma vez gritaram, aguardando os novos alunos
[abrirem as portas e entrar.

2015

* Do poema "Cidade de Pequim" de Ma Yan

绝剧

——给颖川

向后退，沙堡已陷落，潮汐为数学挪出创世的草图
只有嬉水的幼童，背对浩淼的看台，才能承受

巨鲸凌空的片刻，你也是我，在秩序之幕后窃笑
奇迹如理发师，从一支马勒里踱出，裁剪因余波翻卷的页角

2014

Drama abreviado*

- A Yingchuan

Recuo, o castelo de areia já se rendeu, as marés preparam o
[rascunho da Criação para a matemática
Apenas as crianças brincando na água, de costas para os vastos
[terraços, podem suportar o instante

Em que a baleia salta para o céu, você também sou eu,
[furtivamente rindo atrás da cortina da ordem social
Um milagre como um cabeleireiro, saindo de uma peça de Mahler,
[para cortar o canto da página virado pela sobra das ondas

2014

* O título original é pronunciado da mesma forma que a palavra que designa uma das formas poéticas mais famosas da poesia chinesa da dinastia Tang, o jueju (绝句 que em português é traduzido normalmente como quarteto, e cujo significado literal é frase ou verso partido/quebrado).

Zhu Yu

Zhu Yu, pseudônimo de Zhu Qinyun, nasceu na província de Jiangxi em 1987. É poeta, crítico e ensaísta. Doutorou-se em filosofia e atualmente leciona na Escola de Artes Liberais da Universidade de Suzhou, onde se dedica à história da poesia moderna chinesa, ao estudo da poesia contemporânea e à poética comparada. Publicou e editou coleções de poemas e ensaios como *Poemas sobre a Circulação das Bagas* (2013), *A Rima na Extremidade do Forno* (2015) e *Citações do Deus das Flores* (2016). Zhu ganhou o Prêmio de Criação da Fundação Henry Luce, o Prêmio Nacional de Escritor Jovem e o Prêmio de Literatura da Montanha Púrpura.

避雨的人

他们互相望了望，在路边医院的
玻璃廊檐下，听匆忙的脚步。

裂开的乌云带来白昼的消息，
往地面倾泻恩典与光束。

一辆货车驰过，面孔和雨披交替
出现在这幅画面的角落。

不断有身影投向雨幕，不断有风刮过。
额上的水珠，滑入新来者的沉默。

都是已经上岸的赶路者，
太阳一照，没人记得水的痕迹。

在这样的晴天，你要走向避雨的人，
成为那群人中最新鲜的一个。

2012年8月24日: 2016年4月修改

Fugitivos da chuva

Eles se entreolham, sob a galeria de vidro
Do hospital, ouvindo os passos rápidos na rua.

A rachadura na nuvem negra traz notícia do dia,
Derramando graças e raios de luz no chão.

Um caminhão passa veloz, rosto e capa de chuva
Se alternam no canto desta cena.

Constantes as silhuetas projetadas na cortina de chuva,
[constante o vento que sopra.
As gotas d'água na testa, deslizam sobre o silêncio dos recém-
[chegados.

São os apressados que já estão em terra firme,
Logo que brilha o sol, ninguém mais se lembra dos vestígios
[da água.

Num dia ensolarado, você deve seguir os fugitivos da chuva,
E se tornar o mais novo e fresco membro do grupo.

24 de agosto de 2012; revisado em abril de 2016

雪堆上的乌鸦

前几天是一群，今天就一只。
它停栖在一根红色杆子上，
用喙梳理着深黑的毛羽。

那根杆子斜插在雪堆中，
用途未知。我们只知道
它如今成为了鸦群的领地。

这只乌鸦今天落单了，
它的同伴不再聚集于杆子周围
湿漉漉的水泥地面。

乌鸦打算飞出去，翅膀张开，
扑腾起一大片雪的飞屑。
它的夜行衣，雪的素白，蓝天
衬着那根杆子通身的红色。

午后的慵懒光线并不扎眼。
除了雪堆上的这只乌鸦，
再没有别的事物提供暗示。

2015年1月17日，北海道札幌

O corvo sobre o monte de neve

Há dias era um grupo, hoje é apenas um.
Pousado num poste vermelho,
Com o bico penteia as penas pretas.

O poste oblíquo sobre o monte de neve,
É de uso desconhecido. Só sabemos que
Agora se transformou em território dos corvos.

Este corvo está hoje entregue a si mesmo,
Os companheiros não se reúnem mais à volta do poste
Sobre o chão de cimento molhado.

O corvo quer voar para longe, abre as asas,
Espalhando fragmentos esvoaçantes de neve.
Sua roupa noturna, a brancura da neve, o azul do céu
Contrariam a vermelhidão do poste.

A luz preguiçosa da tarde não impressiona.
Além do corvo sobre o monte de neve,
Nada mais oferece estímulo.

Sapporo, Hokkaido, 17 de janeiro de 2015

谐律：路拿咖啡馆

午后慵懒，拥揽进临隐的物候，
闭守林荫道，插入阴影的匕首。

那束光！隔着玻璃，带走初夏
出匣的阵雨，你所珍遇的薄礼

来自赐予的日常：食物或甜酒，
为你失误的词语，添就新脾气。

有人离开，披起椅背上的单衣，
你淡意转浓，又点了一杯热饮。

2015年6月10日，上海

Poema da harmonia: Café Luna*

A indolência da tarde, estreita nos braços a transformação invisível,
A rua protegida pela sombra das árvores, crava a adaga da sombra.

Que raios de luz! Através do vidro, levando a chuva saída da caixa
Do recém-chegado verão, pequenos mimos que você aprecia

Da vida quotidiana recebemos: comida ou vinho**,
Palavras enganosas para você, que alteram logo o humor.

Alguém saiu, vestiu o casaco sem forro pendurado na cadeira,
Em você a suavidade se condensa, outra vez pedimos uma bebida
[quente.

Xangai, 10 de junho de 2015

---

* O título em chinês evoca a forma poética clássica "lü shi", poema regulado de oito versos.

** O vinho se refere a uma bebida de arroz fermentado.

李花：译自李商隐

中途缀满落英，我已多次经过
朝向忧愁的暮晚与晨曦。

小枝从褐色里撑出，伸向粉白
包围花心的严肃时刻。

你祝福夜行人，用渐次亮起的
路灯，钢铁撞击，马达轰鸣。

沾染月色的超短裙，黑暗中
浅笑着试探煦风微痒的欲念。

蜜粉取自嫩竹，薄霜轻柔
勾勒每一处的丰腴与精致。

新款淡香的前调足以降服
为睡莲补妆的克洛德·莫奈？

少女们总要成为别人的新娘，
拨开花瓣，看见果实的雏形。

哪怕这个瞬间过去了很久，
她们的肌肤仍透着玉的光泽。

2017.3.6 苏州，惊蛰日

Flor da ameixeira: a partir do poema de Li Shangyin

No meio do caminho brotos se entrelaçam, passo por eles muitas vezes
Na direção do nervoso anoitecer e dos primeiros raios de sol.

Os pequenos galhos apoiados no marrom, se estendem até o grave
Instante do branco-rosa envolvendo o miolo das flores.

Você abençoa os andarilhos noturnos, com as luzes da rua
Uma após outra ganhando brilho, o ataque do aço, o estrondo
[do motor.

A infestação de minissaias ao luar, sorrindo superficialmente no escuro
Sonda na brisa morna o comichoso desejo.

O pó de mel do tenro bambu, a fina cobertura
Desenha cada ponto carnudo e delicado.

A leve fragrância do novo perfume consegue vencer
Claude Monet embelezando os nenúfares?

As meninas contudo se tornarão noivas de outros,
Deixe de lado as pétalas, veja a forma embrionária da fruta.

Ainda que o instante já tenha há muito passado,
A pele delas ainda mostra o brilho do jade.

Suzhou, 06/03/2017, dia do Jingzhe (Dia em que se celebra o despertar dos insetos)

雨夜

雨滴敲打屋檐，敲打旅人的不寐。
读几页书又放下，他痴想连日来
频繁的落雨怎样汇入屋外的溪流，
河湾游泳时分为溽热的喧嚣降噪。

他看着这部无网可联的手机不再
收到各式的新提示音，只有雨滴
发出的响声应和着白天的热议：

花丛聚拢蜂群，人们麇集于网络，
社交平台上遍布着新闻的嫩蕊。
只要看不见的手轻轻捉弄，失了
土壤的它们将迅速迎来枯败。

然而更远处，失眠的青年无畏。
哪怕时事苦涩如黑咖啡（我们
清晨喝正午喝我们在夜里喝它），
夜雨浇灌的几枝终会贡献出蜜，
供更多授粉昆虫在阳光下采纳。

2018.7.25 Johnson, Vermont

Noite de chuva

Gotas da chuva fustigam o telhado, fustigam o não-sono do viajante.
Ele lê apenas algumas páginas do livro, logo volta a imaginar
A chuva incessante correndo para o riacho lá fora,
O tempo de nadar se divide então em calor abafado de muito
[ou pouco ruído.

Olha para o celular sem rede que não
Recebe mais mensagens, apenas o ruído das
Gotas de chuva ecoando os temas quentes do dia:

Flores reúnem abelhas, pessoas correm para as redes sociais,
As plataformas estão cobertas de frescos estames noticiosos.
Se notar a leve provocação da mão invisível, se perde
O chão e logo se acolhe a exausta derrota.

Mas mais distantes, jovens insones não têm medo.
Ainda que o presente pareça amargo como o café (consumimos
De manhã consumimos ao meio-dia consumimos à noite),
Os galhos regados pela chuva noturna por fim trarão mel,
Sob a luz do sol serão colhidos por mais insetos polinizadores.

Johnson, Vermont, 25/07/2018

Hu Xudong

Hu Xudong (1974 - 2021) nasceu em Hechuan, Chongqing. Foi poeta e Professor associado da Faculdade de Letras Estrangeiras da Universidade de Pequim, além de diretor adjunto do Centro de Cultura Brasileira da mesma universidade. Durante 2003 e 2005 foi professor visitante na Universidade de Brasília. Hu Xudong é autor de mais de nove livros de poesia e quatro de prosa publicados na China e já foi traduzido para o inglês, o alemão, o japonês, o espanhol e o português. Publicou, na China, o livro *Uma paixão escondida no Brasil*, livro de crônicas sobre sua passagem pelo país, que se tornou um sucesso de público e está em sua terceira edição. Hu Xudong recebeu os prêmios Liu Li'an (1998) e Rougang (2003), ambos por sua poesia. Em 2018 Hu participou como poeta residente do Programa Internacional de Escrita da Universidade de Iowa. Foi professor-visitante, em agosto de 2018, no Programa de Pós-Graduação da Universidade do Estado da Bahia (Pós-Crítica - UNEB), campus de Alagoinhas. Posteriormente visitou o Instituto de Estudos da Linguagem da Unicamp (IEL - UNICAMP), participando de debates sobre poesia, modernidade e revolução.

终身卧底

不止我一个人怀疑
你是来自另一个星球的神秘生物
你的左耳里有一把外太空的小提琴
能够在嘈杂的地铁里
演奏出一团安静的星云
你的视网膜上有奇怪的科技
总能在大街上发现一两张
穿过大气层陨落下来的小广告
甚至连你身上那些沉睡的脂肪
都美得极其可疑
它们是你藏在皮肤下的翅膀
我总担心有一天你会
挥动着缀满薯片的大翅膀飞回外星
留下我孤独地破译
你写在一滴雨、一片雪里的宇宙日记
好在今天早上你在厨房做饭的时候
我偷偷地拉开了后脑勺的诗歌天线
截获了一段你那个星球的电波
一个很有爱的异次元声音
正向我们家阳台五米远处
一颗老槐树上的啄木鸟下达指令：
让她在他身边作终身卧底
千万不要试图把她唤醒

2009.11.16 北京

Vida secreta

Não estou sozinho na suspeita
Você é uma misteriosa criatura vinda de outro planeta
Na sua orelha esquerda há um violino espacial
Que consegue tocar uma tranquila nebulosa
No metrô barulhento
A sua retina possui uma estranha tecnologia
Sempre capaz de notar na rua uma duas
Folhas de pequenos anúncios vindos da estratosfera
Mesmo as gorduras adormecidas no seu corpo
São suspeitosamente belas
São asas escondidas sob a sua pele
Receio que um dia você
Volte para o espaço batendo as asas enfeitadas com batatas fritas
Me deixando sozinho para decifrar
O diário cósmico que você escreveu numa gota de chuva,
[num floco de neve
Felizmente esta manhã quando você preparava a comida na cozinha
Puxei às escondidas a antena poética atrás da cabeça
Interceptando ondas elétricas do seu planeta
Um adorável som de outra dimensão
Instruía o pica-pau empoleirado na velha acácia
A cinco metros da nossa varanda:
Deixe que ela passe a vida ao lado dele como agente infiltrada
Não tente de maneira nenhuma acordá-la

Pequim, 16/11/2009

娃娃音

娃娃音的朋友帶你去
坐滿娃娃音學妹的餐廳吃飯
電視里還有娃娃音的主播
轉述著娃娃音的兇殺和娛樂

當娃娃音的女服務生
拿著娃娃音的菜單走到你身邊
你突然想吃她聲帶上鮮美的元音
想吃娃娃音的平水十八韻

你開始用耳朵進餐，吃進去的
全是涼拌娃娃音、清蒸娃娃音
娃娃音燜桂竹筍和一大碗
加有語氣詞的酸菜蚵仔娃娃音湯

吃完飯，你的視網膜竟也
罩上了一層娃娃音。你坐上
娃娃音的捷運，看見一雙雙
娃娃音的絲襪講著腿部的悄悄話

而你註定無法吸收所有這些
娃娃音。它們終將在你的胃裡
形成一小塊島嶼狀的娃娃音結石
你每日消化的，仍是兇猛的陸地動詞

2009.5.16 中壢雙連坡

Voz de criança*

Uma amiga com voz de criança leva você
Para almoçar numa cantina cheia de meninas com voz de criança
Na televisão a apresentadora com voz de criança
Transmite homicídios e passatempos com voz de criança

Quando a garçonete com voz de criança
Vem até você com o cardápio com voz de criança
Você de repente quer comer aquelas deliciosas vogais
Quer comer as dezoito rimas com voz de criança do Pingshui**

Você começa a comer com as orelhas, engolindo
Toda a salada com voz de criança, voz de criança ensopada
Voz de criança com brotos de bambu e uma grande sopa de voz
[de criança
Com partículas modais ostras e vegetais em conserva

Depois do jantar, subitamente sua retina
Se cobre com uma camada de voz de criança. Você pega
O metrô com voz de criança, vê pares e pares de meias
Com voz de criança contando os segredos das coxas

E inevitavelmente você não conseguirá absorver todas as
Vozes de criança. No final elas vão parar no seu estômago
Formando uma pedra no rim com voz de criança feito pequena ilha
A sua digestão diária, continuará sendo de ferozes verbos continentais

Shuanglianpo, Zhongli, Taiwan, 16/05/2009

---

* No texto em chinês o autor usa caracteres antigos e palavras conforme o uso em Taiwan.

** Pingshui é um sistema de 106 rimas, divididos em 18 grupos, compilado na dinastia Jin (1115-1243) para os exames imperiais e um dos mais populares ainda hoje.

一个拣鲨鱼牙齿的男人

——给臧棣

一个拣鲨鱼牙齿的男人，
弓着腰、撅着已近中年的屁股，
在沙与海水之间搜寻。
换做在他的故乡、他的童年，
这个姿势更像是在把少年水稻
插进东亚泥土旺盛的生殖循环里。
但请相信我，此刻他的确是在
拣鲨鱼的牙齿，在佛罗里达的
萨拉索塔县，在一个
叫做玛纳索塔的狭长的小岛西侧
濒临墨西哥湾的海滩上。
像着了魔一般，他已经拣了
整整一个下午，虽然灼人的烈日
似要将他熔成一团白光，但
每拣得一颗牙齿，他就感觉身上
多了一条鲨鱼的元气。那些
乌黑、闪亮、带着不容置疑的
撕咬的迫切性的牙齿，是被海水
挽留下来的力量的颗粒，是
静止在细沙里的嗜血的加速度，
是大海深处巨大的残暴之美被潮汐
颠倒了过来，变成了小小一枚
美之残暴。他紧攥着这些
余威尚存的尖利的小东西，这些
没有皮肉的鲨鱼，想象着
在深海一样昏暗的中年生活里，
自己偶尔也能朝着迎面撞来的厄运
亮出成千上万颗鲨鱼的牙齿。

2008.11.20, Manasota Key/Florida

Um homem que cata dentes de tubarão

—— para Zang Di

Um homem que cata dentes de tubarão,
Arqueia as costas, projetando seu traseiro já perto da meia-idade,
Procura entre a areia e a água do mar.
Se estivesse na sua terra natal, na sua infância,
Esta posição mais pareceria a de quem insere uma muda de arroz
No ciclo reprodutivo da fértil terra do Leste Asiático.
Mas acredite em mim, agora ele está realmente
Catando dentes de tubarão, está no condado de Sarasota
Na Flórida, a oeste da longa e estreita ilha de Manasota
Numa praia junto ao golfo do México.
Como um possuído, ele já catou
Uma tarde inteira, ainda que o sol tostador de gente
Pareça querer transformá-lo numa bola de luz, porém
A cada dente que recolhe, sente no corpo
A força de mais um tubarão. Aqueles dentes
Escuros, brilhantes, portadores de inquestionável urgência
De dilaceramento, são grãos de força retidos pelo mar, são
Acelerações sanguinárias imóveis na areia,
É a enorme beleza da crueldade do abismo oceânico
Invertida pela maré, virando apenas
A crueldade da beleza. Ele segura firme estes pequenos objetos
Afiados ainda poderosos, estes tubarões
Sem carne nem pele, e imagina
A mesma treva do fundo do mar na sua vida de meia-idade,
Quando tiver de enfrentar inesperada má sorte
Poderá mostrar milhares de dentes de tubarão.

Manasota Key, Flórida, 20/11/2008

白猫脱脱迷失

公元568年，一个粟特人
从库思老一世的萨珊王朝
来到室点密的西突厥，给一支
呼罗珊商队当向导。在
疲惫的伊犁河畔，他看见
一只白猫蹲伏于夜色中，
像一片怛逻斯的雪，四周是
干净的草地和友善的黑暗。
他看见白猫身上有好几个世界
在安静地旋转，箭镞、血光、
屠城的哭喊都消失在它
白色的漩涡中。几分钟之后，
他放弃了他的摩尼教信仰。
一千四百三十九年之后，
在夜归的途中，我和妻子
也看见了一只白猫，约莫有
三个月大，小而有尊严地
在蔚秀园干涸的池塘边溜达，
像一个前朝的世子，穿过
灯影中的时空，回到故园
来巡视它模糊而高贵的记忆。
它不躲避我们的抚摸，但也
不屑于我们的喵喵学语，隔着
一片树叶、一朵花或是
一阵有礼貌的夜风，它兀自
嗅着好几个世界的气息。
它试图用流水一般的眼神
告诉我们什么，但最终它还是
像流水一样弃我们而去。
我们认定它去了公元1382年

Toquetamis, o Gato Branco

Em 568 EC, um soguediano
Do Império Sassânida do xá Cosroes I
Chegou ao Canato Turco Ocidental do rei Sizábulo, para servir
Como guia de caravanas vindas de Coração*. Na
Margem cansada do Rio Ili, viu
Um gato branco agachado na noite,
Como um pedaço de neve em Taraz, cercado
De pasto limpo e agradável escuridão.
Ele viu vários mundos no corpo do gato branco
Rodopiando tranquilamente, flechas, sangue derramado,
Gritos de cidade massacrada desaparecendo no seu
Redemoinho branco. Alguns minutos depois,
Ele renegou a sua crença no Maniqueísmo.
Mil quatrocentos e trinta e nove anos depois,
À noite no caminho para casa, minha esposa e eu
Também vimos um gato branco, de mais ou menos
Três meses de idade, pequeno mas orgulhoso
Passeando na beira da lagoa seca do Jardim Weixiu,
Como um príncipe de uma antiga dinastia, atravessando
Espaço e tempo na sombra das luzes, regressando ao antigo jardim
Para inspecionar suas obscuras mas nobres memórias.
Não recusou nossos afagos, mas também
Não se interessou pelas nossas imitações da língua do miau-
[miau, separado
Por uma folha, uma flor ou
Por um educado vento noturno, sozinho
Fareja o cheiro de diversos mundos.

---

* Coração foi uma província do nordeste do Irã assim denominada durante o período Sassânida, último império persa antes da dominação islâmica.

的白帐汗国，我们管它叫
脱脱迷失，它要连夜赶过去
征服钦察汗、治理俄罗斯。

2007.7.30

Tenta nos dizer algo com os seus olhos
De água corrente, mas afinal nos abandona
Como água que corre.
Nós cremos que ele se juntou à Horda Branca
De 1382 EC, nós o chamamos
Toquetamis, naquela mesma noite se apressou
A ir conquistar a Horda Dourada, governar a Rússia.

30/07/2007

雨

旅途中，总有
不知生辰八字的细雨相随。
在机场的出口，雨就已经
混进了人群，踮起
窸窸窣窣的脚尖，盼你。
火车上，雨，又是雨
拿灰蒙蒙的小指甲
刮着车窗喊你，你就是不醒。
要等到一个空落落的傍晚
你才真正和它相遇：
雨伸出它小猫一样的舌头，
一块砖一片瓦地，为你把
整条街道舔湿，让你在空气中
闻到了小学一年级。
你把剩下的雨
从一颗冬青树上抱下来，
让它躺在你的旅店里。
你用毛巾擦去它身上
冷飕飕的风，却看见
这陌生的江南细雨
竟有一块和你一样的胎记。

2007.1.16,上海

Chuva

Em viagem, fatalmente
Uma chuva fina alheia ao seu próprio mapa astral faz companhia.
Na saída do aeroporto, a chuva já
Infiltrada na multidão, na ponta
De pés ciciantes, aguarda por você.
No trem, a chuva, novamente a chuva
De pequenas unhas obscuras-nevoentas
Arranha o vidro da janela, mas você não acorda.
Precisa esperar um ermo-desolado anoitecer
Para você a encontrar realmente:
A chuva põe sua língua de gato para fora,
Lambe a estrada inteira para você, molha
Tijolo por tijolo telha por telha, para que
Você sinta o cheiro do seu primeiro ano de escola.
Você abraça a chuva que sobra
Num ramo de azevinho, deixa que ela se recoste no seu hotel.
Com uma toalha limpa os frios-frios ventos
Do corpo dela, e de súbito vê
Na chuva fina do estranho sul do Yangtze
Uma marca de nascença igual à sua.

Shanghai, 16/01/2007

掏耳朵

第一次给你掏耳朵的时候，
我战战兢兢地，从里面掏出了
一个鸟窝。鸟窝里的鸟都说着
我说过的废话，我羞于看见它们
唧唧歪歪地从你眼前飞过。
第二次，我掏得更深，先掏到
棉被一样厚的乌云一朵，
我沉住气，沿着云端再往里掏，
就掏出了整整一上午都躲在乌云里
下载毛片的太阳老哥。这该死的家伙
看的毛片和我看的一样猥琐，
它升到天上，向你认了个温暖的错。
你嫌金属耳勺太硌，所以第三次
我就换了一把牛角的，可以对付
更多的妖魔。天哪！这一次
我居然从你耳朵里掏出了
一岁大小的我。好像还没掏完。
一岁的我小手紧紧拉着你耳朵深处
两岁的我，两岁的我拉着更深处
三岁的我，我越掏越慌，最后
掏出了三十多个吵吵闹闹的我。
你让这三十多个我和我站在一起
排排队、吃果果，相互交流
对你的研究成果，然后又让他们手拉手
回到了你的耳蜗。我顿时理解了
你为什么这么喜欢掏耳朵。

2007.3.25

Tirando cera do ouvido

A primeira vez que limpei os seus ouvidos,
Eu tremendo-tremendo, tirei um ninho de
Passarinho. Os passarinhos do ninho repetiam
As bobagens que eu dizia. Senti vergonha ao vê-los
Voar para longe piando-piando diante dos seus olhos.
Na segunda vez, fui mais fundo ainda, tirando primeiro
Uma nuvem preta como uma manta,
Fiquei calmo, segui limpando na direção das nuvens,
Então tirei o irmão sol escondido nas nuvens pretas
Baixando filmes pornôs a manhã toda-toda. Os pornôs que este [sujeito miserável
Assistia eram tão obscenos quanto os que eu assistia,
Ele subiu ao céu, pedindo a você calorosas desculpas.
Você detestou o removedor de cera metálico duro de mais, na terceira vez
Usei então um de chifre de boi, para ser capaz
De enfrentar ainda mais demônios. Nossa! Desta vez
Tirei acidentalmente do seu ouvido
Um eu de um ano de idade. Parece que ainda não saiu tudo.
A pequena mão deste eu de um ano segurando a de um eu de dois anos
No abismo do seu ouvido, a de um eu de dois anos
Segurando a de um eu de três anos mais ao fundo,
Quanto mais tirava mais em pânico ficava, por fim
Tirei mais de trinta ruidosos-bulhentos eus.
Você deixou esses mais de trinta eus ficarem comigo,
Juntos fazendo fila, comendo bombons, comentando
Os resultados da pesquisa sobre você, depois deixou-os voltar
De mãos dadas à cóclea do seu ouvido. De repente entendi
Porque você gosta tanto de limpar os ouvidos.

25/03/2007

Índice de poemas:

Sobre as tradutoras e os organizadores:

Inez Xingyue Zhou é professora adjunta na Faculdade de Estudos Internacionais da Universidade Sun Yat-sen, China. Doutorou-se em Literatura Comparada pela Universidade da Califórnia Santa Bárbara, EUA. Trabalha com poesia moderna anglófona e lusófona, e sua pesquisa atual é em humanidades ambientais. Seu livro *O Ideograma e a Poesia Concreta: a Poética Ideogrâmica de Haroldo de Campos* está no prelo na China. Traduz entre o chinês, o português e o inglês.

Dora Ribeiro nasceu em Campo Grande, Mato Grosso do Sul, em 1960. Poeta, publicou *Ladrilho de palavras* (coedição com Lélia Rita Figueiredo Ribeiro, 1984); *Começar e o fim* (Prêmio de Poesia Luís Delfino 1988, Fundação Catarinense de Cultura, 1990); *Bicho do mato* (7Letras, 2000); *Taquara rachada* (7Letras, 2002); *a teoria do jardim* (Companhia das Letras, 2009); *olho empírico* (Babel, 2011). Em 2023 publicou *Natureza aberta* (Jabuticaba), seu livro mais recente. Mora em São Paulo.

Hu Xudong (1974 - 2021) nasceu em Hechuan, Chongqing. Foi poeta e professor associado da Faculdade de Letras Estrangeiras da Universidade de Pequim, além de diretor adjunto do Centro de Cultura Brasileira da mesma universidade. Sua biografia completa se encontra na página 153.

Marcelo Lotufo é professor adjunto de literatura brasileira na Universidade Federal de Santa Catarina. Traduziu, para as Edições Jabuticaba, Adrienne Rich, Rosmarie Waldrop, Cecilia Pavón, John Yau, Carolina Tobar e, junto de Vilma Arêas, Ivy Compton-Burnett. Seu livro de contos, *Cada um a seu modo*, foi finalista do Prêmio Jabuti de 2021.

Outros títulos das Edições Jabuticaba

Discoteca Selvagem Cecilia Pavón
trad. Mariana Ruggieri e Clarisse Lyra

Virá a more e terá os teus olhos Cesare Pavese
trad. Cláudia T. Alves e Elena Santi

Botões Tenros Gertrude Stein
trad. Arthur Lungov

Por qual árvore espero Eileen Myles
trad. Mariana Ruggieri, Camila Assad e Cesare Rodrigues

Variações sobre tonéis de chuva Jan Wagner
trad. Douglas Pompeu

Bate um coração I Acevedo
trad. Paloma Vidal

Que tempos são estes Adrienne Rich
trad. Marcelo F. Lotufo

Por trás e pela frente primeiro Kurt Schwitters
trad. Douglas Pompeu

Pequeno inventário dos meus erros Cecilia Pavón
trad. Marcelo Lotufo

O método Albertine Anne Carson
trad. Vilma Arêas e Francisco Guimarães

O hábito da perfeição Gerard Manley Hopkins
trad. Luís Bueno

Necrópole Vladislav Khodassiévitch
trad. Bruno Gomide

Natureza aberta Dora Ribeiro

Párocos e Mestres Ivy Compton-Burnett
trad. Marcelo Lotufo e Vilma Arêas

Ova Completa
Susana Thénon
trad. Angélica Freitas

Minha voz de tinta
Marcel Beyer
trad. Douglas Pompeu

História do Leite
Mónica Ojeda
trad. Ayelén Medail

Percurso livre médio
Ben Lerner
trad. Maria Cecilia Brandi

O velho que não sente frio
Daniel Francoy

Vontade de ferro
Nikolai Leskov
trad. Francisco de Araújo

Só uma rosa como arrimo
Hilde Domin
trad. Simone Brantes

Cada um a seu modo
Marcelo F. Lotufo
posfácio Vilma Arêas

Uma cidade como esta
Giovanni Raboni
trad. Elena Santi e Agnes Ghisi

Meus poemas não mudarão o mundo
Patrizia Cavalli
trad. Cláudia T. Alves

Moldávia
Timo Berger
trad. Douglas Pompeu

Caderno Goiabada
nina rizzi
posfácio Heloisa Buarque de Hollanda

Poemas mais ou menos de amor
Diane di Prima
org. e trad. Fernanda Morse

Rua Maravilha Tristeza
Frederico Klumb

9 786501 170565 >

Este livro foi impresso na gráfica Psi7,
em papel pólen natural 80 g/m^2 e cartão 250g/m^2
e composto em SimSun e Adobe Garamond Pro.
Primavera de 2024.